Der Zauberer erzählt

Marten Steppat

Der Zauberer erzählt

kuriose Kurzgeschichten

Bibliografische Information der Deutschen Nationalbibliothek:

Die Deutsche Nationalbibliothek verzeichnet diese Publikation in der Deutschen Nationalbibliografie; detaillierte bibliografische Daten sind im Internet über
http://dnb.dnb.de
abrufbar.

Illustration: Marten Steppat

Herstellung und Verlag:
BoD – Books on Demand, Norderstedt

ISBN: 978-3-7528-7351-1

Inhaltsverzeichnis

Vorwort

Diese Kurzgeschichten sind alle 2018 entstanden.

Für alle Geschichten in diesem Buch habe ich bereits viel positives Feedback bekommen. Für so manche Story wurde ich um eine Fortsetzung gebeten, einige sollten sogar verfilmt werden – was allerdings nicht allein in meiner Macht liegt.

Hiermit will ich auch Dir, meinem wertvollen Leser, die Möglichkeit geben, mitzuentscheiden.

Teile mir mit, welche Geschichte Dich am meisten berührt hat, von welcher Du gerne eine Fortsetzung lesen würdest, welche Du gerne in Roman-Länge wiedersehen würdest und was Du Dir am ehesten als Film vorstellen kannst. Jedes einzelne Feedback zählt und beeinflusst mein Denken und Handeln!

Ich freue mich auf dein Feedback an meine Email-Adresse:

text@martensteppat.de

Einige sind durch die Impulse anderer Menschen entstanden, bei denen ich mich bedanken möchte:

Mark Oswald, Melanie Kaltenbach, Susanne Gold, Elke Storath und Andrea Holthaus haben jeweils auf ihre eigene Art zu manchen meiner Geschichten beigetragen und werden in den Vorwörtern zu den einzelnen Kategorien noch einmal erwähnt.

Für besondere Inspiration und Motivation bedanke ich mich an dieser Stelle ganz herzlich bei:

Bettina Förster, Ariane Brandes, Anja Schepers, Petra Höberl, Ayna Ina Eberhardt, Uli Mörchen, Reingard Eberle, Daniela Hofer, Regina Stolze, Karoline Bruse, Beate Werner, Sylvia Dallhammer, Michael Sommerfeld.

Fantasie

In dieser Kategorie finden sich Geschichten, die meiner Fantasie entsprungen sind. Sie bieten einen guten Einstieg in meine Welten, auch wenn nicht jede von ihnen unter leichte Lektüre einzuordnen wäre.

In manchen Geschichten finden sich starke Emotionen, Höhen und Tiefen, Momente des Innehaltens und des Staunens, andere Geschichten sind einfach für die angenehme Unterhaltung geschrieben worden.

Auch tief berührende persönliche Erlebnisse haben hier ihren Platz gefunden, die jedoch teilweise mit spekulativen Komponenten angereichert oder leicht umgeschrieben wurden, um einer fantastischen Story gerechter zu werden.

„Neues Leben, neues Glück – eine Liebesgeschichte" hab ich zum Beispiel geschrieben für Andrea Holthaus und den Blog ihre Plattform „Volltreffer Herz – einfach lieben". Sie beruht auf wahren Begebenheiten, wurde jedoch aus story-technischen Gründen geringfügig verändert, deswegen findet sie sich hier wieder anstatt unter „Persönliches". Und sie ist zu romantisch für „Geschäftliches".

„Die Beständigkeit des Herzens" war meine erste Kurzgeschichte diesen Jahres.

Die Beständigkeit des Herzens

„Herzlich Willkommen im ‚Justo Gusto'", begrüßte José die Neuankömmlinge mit strahlenden Augen und voller ehrlicher Herzlichkeit.

Die Geschäftsmänner in Maßanzügen nickten noch unsicher aber freundlich. Sie begutachteten die Umgebung, die sie gerade wie eine neue Welt betraten.

Sie lauschten der gedämpften und ruhigen Geräuschkulisse und schnüffelten neugierig nach den Gerüchen, die aus der Küche kamen und von der Einrichtung ausgingen.

Das ‚Justo Gusto' war ganz rustikal eingerichtet. Es schien in seiner Grundstruktur ganz einfach; eben robuste und Sicherheit vermittelnde Tische und Stühle in dunklen Tönen. So manche Schnitzer und Kratzer zeugten von Beständigkeit und Dauerhaftigkeit. Sie unterstützten den Charakter von Individualität und einer Einstellung fern des Anspruches an Perfektion.

Leise bewunderten die neuen Gäste das Café und seine Ausstattung.

„Wie gemütlich!"

„Behaglich, hier kann man Zeit und Raum vergessen."

„Urig!"

„Stilsicher. Alles passt zueinander."

„Danke", rief José erfreut und schien die Geschäftsmänner damit zu verunsichern, als hätten sie nicht erwartet, dass er ihnen zuhört.

Sie einigten sich auf einen Sitzplatz mit schöner Aussicht sowohl nach außen wie auch nach innen und schauten sich weiterhin um, als könnten sie gar nicht glauben, einen solchen Platz gefunden zu haben.

„Gibt es hier WLAN?", fragte einer der perfekt gestylten Männer, während er sein Handy aus der Tasche zog.

„Nein", sagte José mit einem leicht entschuldigenden Ton in der Stimme.

„Hm", machte der Geschäftsmann, steckte sein Gerät wieder ein und schien noch zu überlegen, ob er das nun als Vorteil oder Nachteil werten sollte.

„Man fühlt sich wie zu Hause", sagte einer seiner Kollegen, der sich entspannte und gemütlich in seinen Stuhl sank.

Er nickte zögerlich.

„Gibt es hier einen Fernseher?", fragte er.

„Nein", sagte José mit einem Ton des Bedauerns in der Stimme.

Der Geschäftsmann rutschte ein wenig nervös auf seinem Stuhl herum.

Seine Kollegen verwandelten sich indessen einer nach dem anderen von einem gestressten Arbeitstier in einen entspannten und genießenden Touristen einer neuen, oder vielleicht vielmehr einer alten, längst vergessenen Welt.

„Fehlt es Ihnen an Geld?", fragte der einzige noch angespannte Geschäftsmann, während seine Kollegen anfingen, untereinander eine ausgelassene Unterhaltung zu führen.

José zog fragend die Augenbrauen hoch.

Der Gast mit der goldenen Armbanduhr erklärte seine Gedanken:

„Mit ein paar Investitionen könnte man dieses Café mit neuster Technik ausstatten. Die Gäste könnten im Internet surfen, durch Fernsehgeräte unterhalten werden oder ihr Geld in Spielautomaten stecken. Sie könnten sich eine neue, moderne Einrichtung leisten und helles, neues Inventar dafür einsetzen. Ihr modernes Café wäre dann voll im Fluss der Zeit und würde viel Geld einbringen."

José lachte herzlich. „Wären Sie dann hier herein gekommen?", fragte er mit einem Blinzeln.

Der Geschäftsmann zögerte. Seine entspannten Kollegen am Tisch lachten und schüttelten den Kopf.

José deutete aus dem Fenster. Schräg gegenüber auf der anderen Straßenseite stand ein helles Gebäude. Seine Einrichtung bestand aus modernen, hellen Tischen und Stühlen aus Plastik. Ein Fernseher hing an der Wand und Spielautomaten standen in den Nischen. Neben dem WLAN-Aufkleber an der Fensterscheibe das große Schild mit der Aufschrift „zu verkaufen".

„Meine Konkurrenz denkt nur ans Geld", sagte José. „Aber beständig ist nur, was Du mit dem Herzen machst."

Der angespannte Geschäftsmann dachte über seine Worte nach und deutete dann eine Verbeugung an. Er lehnte sich zurück, entspannte und betrachtete seine Umgebung mit neuen Augen.

José brachte Kaffee für alle, der auf's Haus ging.

Das Trinkgeld fiel mehr als großzügig aus.

Die spontane Wunderheilung

Ich bin erfolgreicher Geschäftsmann. Ich verdiene Millionen und ich bekomme sie auch. Ich bin das obere Ende der Nahrungskette.

Was immer ich will, das kriege ich – Geld, Frauen, feindliche Unternehmen. Wo ich hoble, da fallen Späne, träge Mitarbeiter, Konkurrenten. Wo ich Hand anlege, da wachsen Firmen, Optimierungsprozesse, Gewinne.

Was macht mich so erfolgreich? Ich lasse mich nicht von flotten Sprüchen blenden und schaue hinter die Kulissen, habe die Eier für schnelle Entscheidungen, mache keine faulen Kompromisse und schlage zu, wenn ich eine günstige Gelegenheit rieche.

Der zweite Herzinfarkt lies mich aufhorchen.

Ich bin der Mann für optimierte Prozesse ohne Zeitverlust – doch plötzlich bin ich gezwungen, im Krankenhaus zu verweilen. Ich bin der Mann mit dem großen Schritt – jetzt legt man mir nahe, kürzer zu treten. Ich bin der Mann, der sagt, wo es langgeht – und plötzlich stehe ich still.

Als ich von der spontanen Wunderheilung las, roch ich den Braten bereits. Aber etwas in mir war schwach und wollte wünschen, glauben, hoffen.

Ich fühlte mich, als ob ich einen Brief an den Weihnachtsmann schreiben sollte, und doch beobachtete ich voller Erstaunen, wie ich die abtrennbare Postkarte von dem grünen Prospekt mit meinen Daten ausfüllte und wegschickte.

Eine horrende Summe sollte ich überweisen, und ich zögerte keinen Augenblick, dies zu tun. Ich erklärte mich für wahnsinnig, aber ich wollte mich nicht einweisen lassen. Ich schrieb es als Lehrgeld ab, obwohl ich längst ausgelernt hatte. Schließlich war ich derjenige, der dem Leben sagte, wie es zu sein hatte. Und wo das Leben sich weigerte zu kooperieren, da half ich mit Geld nach.

Ein paar Tage später jedenfalls fingen die geheimnisvollen Nachrichten an, mein privates Handy zu infiltrieren. Ich nahm an, dass diese zum Programm der lächerlichen Wunderheilung gehörten. Ich nahm mir vor, sie zu ignorieren und meine kindliche Hoffnung nach einer spontanen Wunderheilung schnellstmöglich wieder einzutauschen gegen meinen alten, knallharten Kurs durch das Haifischbecken. Doch wenige Stunden später entschied ich mich dazu, die Nachrichten mit Spott und Verachtung zu lesen, um wenigstens zu sehen, wofür ich mein Geld zum Fenster hinausgeworfen hatte.

Zigaretten und Schnaps waren über die Jahre hinweg zu meinem Treibstoff geworden. Ich sollte sie aufgeben. Woher wusste der unbekannte Sender dieser Botschaften von meinen Gewohnheiten? Und warum sollte ich mir etwas sagen lassen? Ich war nicht der Typ, der sich unterordnete.

Also beschloss ich, in Eigeninitiative damit aufzuhören. Ich sah es als Optimierungsprozess. Ich hab es eigentlich nie damit übertrieben. Ich hatte beispielsweise nie einen Filmriss. Ich war nie davon ausgegangen, dass diese Genussmittel etwas zu meinen Herzinfarkten beigetragen haben könnten.

Verschiedene Aufgaben und Forderungen wurden auf diesem zweifelhaften Weg Tag für Tag an mich herangetragen. Wie unsinnig diese Texte waren. Ich kaufte Blumen, trank Wasser mit frischgepresster Zitrone, joggte und ging ins Theater. Jedes Mal lachte ich und schüttelte den Kopf im Unverständnis über meine Bereitschaft, den unsinnigen Botschaften Gehör zu schenken. Ich vergeudete Zeit.

Und wo blieb die Wunderheilung? Und wie spontan war sie nach diesen Tagen noch?

Dann sollte ich einen Ort aufsuchen, an dem der Schatz auf mich wartete, sowie der Wunderheiler höchstpersönlich.

Eine Schatzsuche!

Wofür hielt man mich? Als wär ich ein Kind, das sich mit leuchtenden Augen und einem Rucksack voller Pfadfinder-Utensilien auf den Weg macht, einen Schatz zu finden.

Ich nahm den Flieger. Der konnte jedoch nicht in den Bergen landen, also hatte ich jede Menge Fußweg vor mir.

Der Weg war beschwerlich. Ich fluchte, riss mir an Felsen und Rankenpflanzen die Beine auf und holte mir Blasen. Ich rutschte einen Hang hinab und war überall dreckig.

Die Vögel schienen sich über mich zu amüsieren, sowie die Steinböcke in der Ferne und die summenden Bienen. Selbst das Gras rauschte vergnügt im Wind, der mir heiter um die Ohren wehte. Die Sonne lachte.

Wie beschrieben fand ich die Bank auf dem Berg, mitten im Nichts. Hier oben an der frischen Luft gab es nur Wiesen mit duftenden, bunten Blumen, einen kleinen Bach mit klarem, kalten Wasser und die wilde, ungezähmte Natur.

Ich setzte mich auf die Bank und wartete mit Wut im Bauch auf den Wunderheiler. Ich überlegte mir, was ich ihm alles an den Kopf werfen würde, bevor ich endlich wieder zur Tagesordnung übergehen könnte.

Ich wartete. Nach einer Weile warf ich einen Blick auf das Handy, denn der Wunderheiler ließ auf sich warten. Ich hatte kein Netz.

So blieb mir nichts anderes übrig, als meine Umgebung zu betrachten und weiter zu warten.

Die Zeit verstrich, scheinbar ereignislos. Mein Ärger verflog. Und eine Heiterkeit erfüllte mich, über die ich gerade noch verächtlich lachen wollte, doch sie war einfach stärker. Es war mir unerklärlich. Plötzlich atmete ich tief durch und wurde durchflutet von einer unerklärbaren Freude und Leichtigkeit.

So blieb ich eine Weile sitzen. Ich vergaß den Wunderheiler komplett. Ich fühlte mich wie erleuchtet. Vielleicht ein Sonnenstich?

Ich wurde vollkommen verrückt. Ich zog mich komplett aus und rannte lachend über die Wiese, sprang in den kalten Bach, sang mit den Vögeln und ich schrie und weinte. Emotionen überwältigten mich und beraubten mich meiner Verstandes-Herrschaft. Mein Stolz wich einer tiefen Demut. Ich war ein kleines Kind auf dem Wickeltisch der Natur. Und ich liebte es! Ich liebte die Natur und mich selbst, so hilflos ich mich fühlte. Freiwillig gab ich Verstand und Kontrolle ab und übergab mich in Liebe und Vertrauen dem Leben.

Mein Opfer wurde angenommen. Und vergolten!

Ich spare mir die Details. Es kam niemand. Ich ging. Und kam so schnell wie es ging wieder. Ich zog in die Berge, verkaufte alles, was ich besaß und tauschte meine Macht und meinen Reichtum gegen ein Leben am Puls der Natur. Tatsächlich fühlte es sich an, als würde ich jetzt erst beginnen zu leben.

Ich bade jetzt täglich in Glück und Liebe, singe und lache und tanze. Ja, vielleicht bin ich verrückt.

Aber vielleicht erlag ich auch einfach einer spontanen Wunderheilung.

Das Chi im Chuan

Die Chi und die Chuan waren einst zwei mächtige Clans tapferer und geschickter Kämpfer.

Die Chi legten mehr Wert auf die Kunstfertigkeit. Sie stellten ausgefeilte Papierlampen, Körbe und wunderschöne Statuen aus Holz her. Ihre Blumengestecke waren in der ganzen Stadt beliebt, und sie verstanden es auf einzigartige Weise, Feiern auszurichten. Ihr Kampfstil war akrobatisch und verspielt. Ihre Kunstfertigkeit spiegelte sich wider in der Fahne ihres Clans, die einen Kranich zeigte.

Die Chuan waren für ihre Kraft und Stärke berühmt. Ihre Kampfkunst war ohne Schnörkel und zielte auf reine Effektivität ab. Ihre Schmiede stellten die besten Waffen der Stadt her. Sie bekleideten viele politische Ämter. Ihre Stärke spiegelte sich in der Fahne ihres Clans wider, die einen Drachen zeigte.

Es bestand eine alte Fehde zwischen den beiden Clans. Der Ursprung der Feindschaft war längst in Vergessenheit geraten, doch der Hass auf die jeweils anderen war unerbittlich.

Eines Tages verschwand die erste Familie der Chi vom Angesicht der Erde. Ihr Grund und Boden war vollkommen verwüstet, und ihr Schicksal blieb ungeklärt. Doch in den Augen der Chi besaß die Hand der Zerstörung ihres Clans eine klare Handschrift.

Seit diesem Zeitpunkt verschwand nun alle weiteren 10 Tage eine Familie vom Clan der Chi vollständig und restlos vom Erdboden.

Dies ging so lange, bis nur noch eine einzige große Familie der Chi übrig war.

Großvater Chi, liebevoll von allen Familienmitgliedern Chi-Chi genannt, war ein weiser Mann. Während die ganze Familie in Verzweiflung ihr nahendes Ende erwartete, überlegte er sich, wie das Unglück zu verhindern sei. Kurz vor dem befürchteten Tag fing er an Anweisungen zu geben, die seinen Familienmitgliedern seltsam und befremdlich erschienen. Doch sein Wort war Gesetz.

So stellte der kleine Rest des Clans wunderschöne Papierlampen her, die mit kunstvollen Drachenbildern verziert wurden. Es wurden Blumengestecke aus der Drachenrose gefertigt. Und für den schicksalhaften Tag wurde eine große Feier ausgerufen, die auf dem letzten Grundstück der Chi stattfinden sollte. An diesem Tag hing nicht die Fahne des Kranichs an ihren Gebäuden, sondern die des Drachen.

Die Feier war ein voller Erfolg, wie jede von den Chi ausgerichtete Feiern. Ein gro-ßer und langer Papierdrache wurde von den letzten 20 Kindern der Chi ständig wie-der über das Fest getragen und hin und her geschwenkt, als würde er tanzen.

Am nächsten Tag war die letzte Familie der Chi noch da, vollständig und unver-sehrt.

Großvater Chi-Chi ließ sofort wieder eine neue Feier organisieren, die in genau 10 Tagen stattfinden sollte. Wieder der Tag, an dem ein Unglück für die Familie zu befürchten gewesen wäre. Die Fahne des Drachens blieb gleich an den Gebäuden hängen.

Auch dieses Fest wurde ein voller Er-folg. Mehr noch: Die Oberhäupter der Chu-an-Familien erwiesen der Feier die Ehre und brachten zahlreiche Geschenke für die Chi mit. Um Mitternacht gab es ein riesiges Feuerwerk.

Fortan lebten die Chi als Teil des Chu-an-Clans weiter. Der Chuan-Clan war nun auch berühmt für seine Kunstfertigkeit und seine Feiern.

Das heimliche Familien-Motto der Chi lautete seit dem: „Kannst Du sie nicht schlagen, werde ein Teil von ihnen."

Chi-Chi lehrte bis zu seinem Tod einen einzigartigen Kampfstil, in welchem man die Stärke des Gegners für seine eigenen Zwecke zu nutzen wusste. Er nannte sie offiziell „Tai Chi Chuan" oder auch in familiären Kreisen „das Chi im Chuan".

*

Diese Geschichte ist frei erfunden und hat nichts mit der tatsächlichen Entwicklung von Tai Chi Chuan zu tun.

Unbesiegbar

Zur Azuchi-Momoyama-Zeit wurde in Miyamoto ein Junge geboren, welcher der größte aller Krieger werden wollte.

Schon als Kind war er für seine Wildheit bekannt. Er gierte nach jeder Gelegenheit, seine Fähigkeiten im Kampf zu verbessern. Er war immer fest entschlossen seine Gegner zu bezwingen, ganz gleich wie stark und eindrucksvoll. Mit 12 bezwang er bereits einen erwachsenen Kämpfer mit nur einem Stock bewaffnet.

Im Alter von 16 zog er mit dem unerschütterlichen Willen aus, jeden zu besiegen.

„Ich will meinen Namen vergessen, bis ich keinen Gegner mehr habe", schrie er in die Nacht, während er unter einem eiskalten Wasserfall stand.

Mit 20 erschien es ihm, als hätte er keine würdigen Gegner mehr zu finden. Stolz und selbstsicher führte ihn seine Reise in die Berge.

Hier traf er auf den Teemeister, der ebenfalls keinen Namen hatte. Er meditierte in aller Ruhe vor seinem Tee, die Augen halb geschlossen.

„Zeige mir einen Gegner, den ich nicht besiegen kann", forderte der Krieger laut und in absoluter Selbstsicherheit.

Es überraschte ihn, dass der Teemeister von ihm nicht beeindruckt zu sein schien. Dieser bot ihm nur mit einer sanften, einladenden Geste einen Platz neben sich an und sagte leise: „Bezwinge die Stille."

Verächtlich schnaubte der Krieger. „Zeig sie mir und ich teil sie in zwei", erwiderte er, den in seiner Mitte ruhenden Teemeister nicht ernst nehmend.

„Gut, ich zeige sie Dir", sagte der Teemeister. Er sagte es freundlich, ruhig und leise, in einem ganz entspannten Tonfall. Und dennoch hatten seine Worte etwas immens Kraftvolles.

Von sich selbst überzeugt und siegessicher, aber heimlich auch etwas beeindruckt von dem alten Mann setzte sich der junge Krieger zu dem Teemeister, trank mit ihm eine Tasse Tee und ließ sich von ihm belehren, wie die Stille aufzufinden sei.

Eine Stunde später saß er im Lotussitz auf einem Felsen und suchte in sich selbst nach seinem letzten Gegner.

Erst spürte er noch den Zorn, der seinen Geist wie zu einer scharfen Klinge formte. Nach einer Weile verflogen alle Gefühle, und sein Geist war wie entwaffnet. Dann erfüllte ihn wie Honig ganz langsam ein neues, wunderschönes Gefühl, das für ihn bis dahin noch vollkommen unbekannt gewesen war. Er fand eine tiefe Stille und sie füllte ihn vollkommen aus.

Ein ganzer Tag verging, bevor er wieder die Augen öffnete.

„Ich habe einen neuen Kampfstil entwickelt", sagte er überrascht. Er stand auf, zog seine Schwerter, das lange Katana und das kurze Wakizashi, und kämpfte mit beiden gleichzeitig in anmutiger Eleganz gegen imaginäre Feinde.

Er stockte mitten in der Bewegung und nahm einen Geruch wahr. Er drehte sich um und sah, wie der Teemeister Reis gekocht hatte. Sein Magen knurrte.

„Deine Kampfkunst ist beeindruckend", sagte der Teemeister, während er Reis in die Schüssel des jungen Kriegers füllte. „Aber noch beeindruckender waren die Gedichte, die Du aufgesagt hast, während Du in der Stille versunken warst".

„Ich erinnere mich an keine Gedichte", sagte der Krieger verwirrt.

Der Teemeister überreichte ihm ein paar Papiere mit den Worten: „Ich konnte leider nicht alles aufschreiben."

Der junge Mann las mit zusammengezogenen Augenbrauen die niedergeschriebenen Worte.

„Das ist wunderschön", brachte er angestrengt hervor. Tränen liefen im über das Gesicht.

Schließlich warf er sich vor dem alten Mann auf den Boden.

„Meister", rief er demütig und ehrfürchtig. „Ihr habt mich gelehrt, die Stille zu finden. Sie ist unbesiegbar. Und sie ist ein wahrer und großer Lehrmeister!"

„Hast Du also deinen Gegner gefunden?", fragte der Teemeister.

„Die Stille ist kein Gegner", erwiderte der Krieger. Die Männer sahen sich einen stillen Moment lang an, erfüllt von einer tiefen Heiterkeit. Dann aßen sie ihren Reis.

Still verabschiedeten sie sich voneinander. Der junge Krieger drehte dem Teemeister den Rücken zu und stellte sich der Welt vor, als sei er neu hier.

„Ich bin Miyamoto Musashi!", donnerte er stolz und laut. Und nach einer kleinen Pause fügte er ganz sanft und leise, aber dennoch kraftvoll und eindringlich hinzu: „Ich bin ein Freund der Stille."

*

Diese Geschichte ist frei erfunden, beruht aber zum Teil auf überlieferten Daten:

Musashi war ein berühmter Ronin; ein herrenloser Samurai. Er war bekannt für seine Wildheit und Entschlossenheit, seine Unbesiegbarkeit im Kampf, für seinen eigenen Kampfstil mit gleichzeitig beiden Samurai-Schwertern und später für seine Werke als Künstler, Handwerker und Autor.

Das japanische Wort für unbesiegbar ist „muteki" und heißt wörtlich übersetzt „kein Feind". Es bedeutet, dass eine unbesiegbare Person keine (ernst zu nehmenden) Feinde hat.

Sie nannten ihn Buddha

Als alles anfing, lernte ich viel über ihn. Ich war damals noch allein mit ihm in diesem kleinen Hinterzimmer. Ich schaute ihm immer zu, wie er über den Schreibtisch gebeugt Papiere las und schrieb, manche in Aktenordner verstaute und andere dem Papierkorb übergab. Er schaute mich dann jedes Mal an, und dann wurde er so schön ruhig und sanftmütig. Er hatte immer nette Worte für mich. Manchmal roch es nach Tee, das sorgte für eine besinnliche Stimmung. Ich war glücklich.

Als ich dann einen Raum weiter gebracht wurde, lernte ich viel über mich. Sie redeten von meiner Ausstrahlung, meine ruhige Art, meinen Sanftmut und meine Weisheit. Ich spürte, dass ich etwas ganz besonderes war. Ich brachte den Leuten den Frieden, nach dem sie sich sehnten. Ich brachte ihnen Glück und Zufriedenheit, allein durch meine Präsenz. Manchmal wurden neben mir Räucherstäbchen angezündet. Das verstärkte meine Kraft anscheinend noch. Man verehrte mich. Ich war stolz.

Als das Geschäft dann richtig gut lief, lernte ich viel über das Wetter. Man stellte mich vor die Tür. Ich lernte Sonne kennen, aber auch Schnee und Regen. Ich hoffte erst, all den Leuten hier draußen ebenfalls Frieden und Glück bringen zu können. Doch hier beachtete mich niemand, jeder ging an mir vorbei, ohne mich eines freundlichen Blickes zu würdigen oder nette Worte für mich übrig zu haben. Und dabei schienen sie es doch so nötig zu haben. Ich war einsam.

Manche Leute gehen traurig in das Geschäft hinein, und wenn sie wieder heraus kommen, dann drehen sie sich um und lächeln. Aber sie schauen nicht mich an, sondern sie schauen in das Geschäft hinein. Manchmal frage ich mich, welche Statue meinen Platz eingenommen hat, um die Leute jetzt friedlich und glücklich zu stimmen. Es macht mich traurig und wehmütig.

Aber ich hoffe und vertraue auch.

Vielleicht stellt man mich eines Tages wieder an einen Platz, an dem ich den Menschen Glück und Frieden bringen kann. Oder vielleicht auch nur ihm. Damals, in dem kleinen Hinterzimmer, der Geruch von Tee. Ich denke oft an diese unvergesslichen Momente.

Ich bin Buddha. Und wenn Ihr mich wieder braucht, dann werde ich für Euch da sein.

Glück und Frieden!

Der junge Mann und das Meer

Mitten in der Nacht schreckte sie hoch. War er gerade zur Tür herein gekommen?

Mit all ihrer Kraft hievte sie sich aus dem Bett und eilte so schnell sie konnte zur Treppe, um ihn möglichst bald in Empfang nehmen zu können.

Ihr Herz raste. Endlich war er wieder da! Sie hatte sich diesen Augenblick so sehnlich herbei gewünscht.

Sie hatte schon fast nicht mehr daran geglaubt.

Aber er hatte ja versprochen, wiederzukommen. Die wildeste See würde ihn nicht davon abhalten können, sagte er. Die Worte hatte sie im Ohr, als wären sie gerade eben erst gesprochen worden.

Und dann würden sie heiraten und sich zusammen ein Leben aufbauen. Sein wohlhabender Großvater hätte ihm dafür bereits Geld gegeben.

Ihr Herz schlug bis zum Hals, als sie vom Absatz der Treppe stieg und die Stube erreichte.

Sie schaute sich hoffnungsvoll um.

Es war niemand zu sehen.

Sie erschrak, als der Wind an der Tür rüttelte und durch ein Fenster pfiff.

Dann die schreckliche Erkenntnis, dass er heute wieder nicht zu ihr gekommen war.

Die Verzweiflung überflutete und lähmte sie. Einen Augenblick lang musste sie sich setzen.

Durchatmen.

Doch sie wollte tapfer sein. Tapfer für ihn. Er sollte eine starke Frau vorfinden, wenn er kam.

Sie klammerte sich an ihren Gehstock und richtete sich wieder auf.

Mühselig stieg sie die Treppe wieder hoch, immer erst das rechte Bein, dann das linke hinterher gezogen.

Oben angekommen bewegte sie sich langsam zum Schrank und holte eine neue Kerze heraus. Sie tauschte sie gegen die alte auf dem Fensterbrett aus, die fast schon erloschen war.

Mit zitternden Händen versuchte sie, die Kerze mit dem Streichholz zu entzünden. Das Rheuma machte es ihr schwer. Sie schaffte es erst mit dem zweiten Zündholz.

Wieder rüttelte der Wind unten an der Tür. Sie presste die Lippen aufeinander.

Vielleicht Morgen. Ganz sicher.

Gebeugt ging sie wieder ins Bett und weinte sich wie jede Nacht wieder vor Sehnsucht in den Schlaf.

Interpretation

Es war direkt vor mir: Der Lohn sorgfältiger Planung und Durchführung.

Aber es war noch nicht geschafft. Jetzt nichts überstürzen!

Ich war geduldig und habe mich heran geschlichen wie ein Meister. Jetzt etwas aufs Spiel zu setzen würde alles gefährden.

Es war ja schon öfters schiefgegangen.

Also Nerven bewahren! Ich zitterte vor Aufregung.

Ich schaute mich noch einmal sorgfältig um, benutzte mehr die Augen als den Kopf, wagte kaum zu atmen.

Der letzte Schritt war geschafft; ich war am Ziel!

Geschickt zog ich den Beutel mit dem schwarzen Pulver beiseite. Darunter befand sich die Beute – ich konnte sie riechen.

Der Beutel fiel aus dem Container und schlug auf. Ich verharrte. Nichts geschah.

Was auch immer es war, es war so köstlich, dass ich alle Vorsicht vergaß.

Ich labte mich an den Dingen, die ich mir verdient hatte. Ein Traum wurde wahr. Ich war so gut.

„Nein!"

Der scharf durch die Luft hallende Befehl ging an meinem Gehirn vorbei, direkt in das Nervensystem.

Vollkommen automatisch nahm ich eine Wendung vor, bei welcher der Container umfiel und sein Inhalt sich über den Boden verteilte.

Mein Gehirn war währenddessen voll und ganz damit beschäftigt, über die Bedeutung des Wortes „Bio-Müll" nachzudenken.

Ich warf mich auf den Boden, noch immer ganz im Reflex.

Dann der Augenaufschlag. Ganz bewusst und geübt.

Ich wusste, ich hatte perfekt gehorcht.

Ich freute mich darüber und spürte, wie mein Hinterleib die Freude bereits zum Ausdruck brachte.

Dann dieses Lachen.

Ich freute mich noch mehr.

Glücklich!

Wer ist ein braver Hund?

*

Diese Geschichte basiert auf wahren Gegebenheiten. Stimmt mir da nicht jeder Hundebesitzer zu?

Zwischenmenschliches

Das Gespräch ging jetzt schon eine Weile in der gleichen Art und Weise.

„Wie ich das an Dir hasse", sagte sie geradezu inbrünstig angeekelt und unterstrich ihre Aussage mit einer entsprechenden großen Geste.
Er hätte gedacht, eine solche Aussage ließe ihn kalt, doch es war doch ein Stich ins Herz, und ein Schauder lief ihm über den Rücken.

„Was?", rief er zudem vollkommen überrascht aus. „Ich mache das doch erst, seitdem Du gesagt hast, Du fändest es niedlich!"
Mit verzerrter Miene streckte sie nur die Zunge raus, um ihrem Ekel noch mehr Ausdruck zu verleihen.

„Wodurch ich aber auch den Respekt vor Dir verloren habe", gestand er kühl mit einem ausweichenden Blick aus dem Fenster.
„Das hast Du doch wohl nicht geglaubt? Das war damals nur ein Scherz", entgegnete sie entrüstet und beugte sich zu ihm vor.

Ihre Augenbrauen zitterten.

Seine Lippen waren schmal.

In der Ferne erklang die Sirene eines Rettungswagens.

„Deine Scherze fand ich auch oft daneben", konterte er schließlich mit einer Enttäuschung, die schon lange darauf gewartet hatte, endlich zum Ausdruck gebracht werden zu dürfen. „Besonders die über...", er schwieg bedeutungsvoll und blickte nach unten.

„Wie bitte?", teilte sie nun ihrerseits Überraschung mit. „Das hab ich jedes Mal ernst gemeint!"

Die Überraschung in seinen Augen war nicht zu übersehen.

Beide mussten schlucken.

„Das hättest Du vielleicht besser kommunizieren sollen!"

„Vielleicht!"

Sie blickten sich fast entsetzt an und betrachteten die vergangenen Wochen neu, in denen sie einander offenbar in einer sich immer tiefer windenden Spirale von mehrdeutigen Formulierungen, Fehlinterpretationen und den daraus resultierenden Spannungen und Streits das Leben unnötig schwer gemacht hatten.

Das monotone Rauschen des Verkehrs von draußen schien zu verstummen, als bliebe die Welt außerhalb des Raumes stehen.

Es gab noch so viel zu sagen, aber jetzt schwiegen sie und blickten sich einfach nur gegenseitig an, das innere und äußere Chaos mit neuen Augen betrachtend – und mit den Augen des jeweils anderen.

Minute um Minute verstrich, äußerlich scheinbar ereignislos.

Bis sich langsam und erst noch unmerklich ihre Mienen veränderten.

Ein dezentes Piepen ließ Thaddäus in seinem Sessel aufschrecken.

„Das macht dann 100 Euro", murmelte er ganz automatisch noch im Halbschlaf und blickte auf.

Das Paar vor ihm schien ihn gar nicht wahrzunehmen.

Die beiden sahen sich offenbar mit neuen Augen an; mit erneut entfachten Gefühlen, die sie zu Beginn der ersten Sitzung schon für erloschen gehalten hatten.

Thaddäus lächelte zufrieden.

Er liebte seinen Job als Eheberater, und er machte ihn ganz offensichtlich gut.

Ich bin ein Manaqibushi. Man spricht es „Mana-Tschi-Buschi" aus. Das bedeutet soviel wie Krieger der heiligen Energie. Ich folge dem Handbuch des Manaqibushis.

Ich erklär das mal.

Mana ist hawaiianisch. Gut, mit Hawaii hab ich jetzt nicht so viel zu tun, aber da kommt halt die heilige Energie her, mit der ich arbeite. Also, ich arbeite nicht wirklich mit ihr, sie ist sowieso immer da. Überall.

Und Qi ist praktisch das gleiche, nur in einer anderen Frequenz. Wenn man was nicht klappt, dann muss man die Frequenz wechseln können, dann läuft es wieder.

Bushi heißt sowas wie Krieger, ich weiß jetzt gar nicht so genau, in welcher Sprache. Aber ich kämpfe ja auch gar nicht wirklich. Es geht nur darum, dass man erwacht ist und man die Welt aus einer höheren Perspektive sieht. Die Zusammenhänge und all das. Das große Ganze eben. Ihr wisst, was ich meine.

Ein Manaqibushi arbeitet mit den heiligen drei Symbolen, den „Maarks". Die sind chinesischen Ursprungs. Von der chinesischen Kultur weiß ich jetzt nicht so viel, aber es ist eine alte und spirituelle, und die Schriftzeichen sehen sehr beeindruckend aus. Daher wurden sie wohl ausgewählt, wegen der Energie, die in ihnen steckt. Eins sieht aus wie ein großes Tor, das andere wie eine Spirale und das dritte wie ein mächtiger Blitz. Ich hab von jedem Symbol ein T-Shirt. Welches ich jeweils anziehe, lasse ich meinen Spirit entscheiden. Das ist sowas wie meine Intuition, aber eine Ebene höher. Das ist der Unterschied.

Manaqibushis haben spezielle Helfer. Sie sind umgeben von „Guardians", das sind unsichtbare höhere Wesen. Noch eine Ebene höher als die Bushis selbst, die Guardians sehen also noch mehr. Aber was sie sehen, das erzählen sie mir, weil ich ein Bushi bin. Sie sind meine Berater. Ich nehme ihre Eingebungen über meinen Spirit wahr, eigentlich kaum zu unterscheiden von meiner eigenen inneren Stimme. Nur Manaqibushis haben diese Guardians, eben weil sie sich dazu entschieden haben, Manaqibushis zu sein, das unterstützen die Guardians. Die anderen Menschen haben nur ihre innere Stimme, und die kann sich irren. Die Guardians irren sich nie, aber manchmal kommt es zu „Übersetzungsfehlern"; dann wirkt das so, als hätten sie sich geirrt. Aber wer konstant trainiert, der kann diese Fehler beseitigen.

Ein Manaqibushi hat natürlich seine Rituale, aus denen er Kraft bezieht. Jeder muss seine eigenen Rituale finden. Und es gibt ja so viele, aus denen man auswählen kann. Im Augenblick teste ich gerade ein paar indianische Rituale durch. Sie gefallen mir recht gut. Ich spüre richtig ihre Kraft, und ich glaube, Manitu ist auch einer meiner Guardians.

Ebenso hat ein Manaqibushi seine persönlichen Zauber-Utensilien. Dafür kann man ganz alltägliche Dinge nehmen und sie mit seinem Manaqibushi-Geist segnen. Die Guardians helfen einem dabei. Ich habe bereits einen Brieföffner zu meinem heiligen Schwert gemacht, er liegt immer neben mir beim Computer. Wenn ich oder meine Frau nicht gerade Briefe damit öffnen, verstärkt er meine Rituale und fokussiert meine Energie. Mein Bademantel ist meine heilige Robe, ich habe sie gleich geweiht, als ich das letzte Mal nass aus der Dusche stieg.

Manchmal zweifel ich ein wenig, ob ich ein wahrer Manaqibushi bin. Ob ich es verdient habe, mich so zu nennen. Ob die Guardians mich für würdig halten. Aber dann werfe ich wieder einen Blick in das Handbuch des Manaqibushis.

Das Handbuch besagt, dass ein Manaqi-bushi nicht den ganzen Tag über mit Energie arbeitet, manchmal auch gar nicht. Und manchmal kämpft ein Manaqibushi auch nicht. Manchmal macht er seine Rituale nicht. Manchmal hört er seinen Guardians nicht zu, weil er das vergisst. Er zweifelt vielleicht sogar ab und zu an sich als Manaqibushi und vielleicht denkt er sogar mal tagelang überhaupt nicht daran, was er ist und was er eigentlich zu tun gedenkt mit seinen Gaben. Manchmal tut ein Manaqibushi eben auch genau das Gegenteil von dem, was ein Manaqibushi tun würde. Er macht seine Rituale nicht und verlegt seine magischen Utensilien, trainiert und praktiziert mal nicht.

Und das trifft genau auf mich zu!

Wichtig wäre eben nur, dass man sich immer wieder mal daran erinnert, was für ein großer Manaqibushi man ist.

Wichtig ist, dass man das Träumen nicht aufgibt.

Oh ja, ich träume!

Von Achtsamkeit und Freiheit

Dieser Kurs in Achtsamkeit war eine Offenbarung gewesen. Ich spürte die Maschine unter mir wie nie zuvor.

Die gewaltige, kontrollierte Kraft unter meinem Arsch, eine fast gezähmte Killer-Maschine, bewegte mich mit Leichtigkeit schnell und sicher über den Asphalt. Geil.
Ich nahm die Vibrationen unter mir wahr, den Wind um mich herum, das Adrenalin in meinem Körper.

So geht Freiheit!

Schön durch das kleine Örtchen flitzen. Am Rande meiner Wahrnehmung nahm ich die Idylle wahr, wie sie verschwommen an mir vorbei zog.
Früher war das alles ein unwichtiges Grün für mich, der Beachtung nicht weiter wert. Jetzt stachen aus der Verschwommenheit immer wieder klar und deutlich Bäume heraus, Pferde, Menschen. Ich hatte das Gefühl, das nächste Mal vielleicht schon jeden einzelnen Grashalm sehen zu können.
Landluft. Ich spürte, wie mein Gesicht ganz von selbst ein Grinsen formte.

Achtsamkeit. Sie machte einen neuen Menschen aus mir.

Es ging geradeaus. Die Geschwindigkeit nahm zu. Ich spürte den Rausch anwachsen.

Das nächste kleine Örtchen. Kuhwiesen und Schweineställe, der kleine Laden, die Ein-Mann-Sparkasse. Ich sog alles auf mit meinem neuen Bewusstsein.

Achtsamkeit und Freiheit. Was für eine Kombination. Ich spürte mich atmen.

Frank kannte sich hier aus und fuhr vor. Er führte mich in eine lange sanfte Rechtskurve, angenehm zu fahren. Überholte mit einem lässigen Schlenker das Auto, das sich an die Geschwindigkeitsbegrenzung hielt. Ich sah auch in ihm den Rausch und das Gefühl der Freiheit, als er auf Höhe des Wagens entspannt den linken Arm zur Seite ausstreckte und mich nach vorne winkte. Also kein Gegenverkehr.

Ich beschleunigte mein Monster und spürte, wie die Kraft unter mir zunahm.
Es fühlte sich an wie ein Lebewesen. Wild und frech. Und es bockte!
Die Achtsamkeit ließ mich diesen winzigen Ruck ganz genau wahrnehmen, der

durch die Maschine und damit gleichzeitig durch meinen Körper ging.

Plötzlich fuhr ich geradeaus.
Die Klarheit nahm zu. Nichts war mehr verschwommen.
Pures Adrenalin floss durch meine Blutbahnen.

Bei dieser Geschwindigkeit über eine unebene Wiese zu rasen und meine Killer-Maschine unter Kontrolle zu halten erforderte meine ganze Konzentration.
Ich dachte nicht mal daran zu bremsen, bei all den unerwarteten Eindrücken, die plötzlich auf mich einprasselten.

Den Zaun der Kuhweide nahm ich erst wahr, als ich über den Stacheldraht hinweg katapultiert wurde. Während ich mich zweimal im großen Bogen überschlug, nahm ich ganz genau wahr, wie es überall in mir knirschte und knackte. Wie die Maschine schrie, weil sie keinen Boden mehr unter den Rädern hatte. Ich nahm sogar wahr, wie die Kühe glotzten.

Dann lag ich. Ein paar endlose Augenblicke war ich ganz für mich, losgelöst von Zeit und Raum. War das Freiheit?

Eine Frau war da. Ob ich Schmerzen hatte.

Jede Zelle in meinem Körper schrie in Agonie und versuchte, in eine andere Richtung zu entfliehen. Es fühlte sich an, als würde ich gleich zerreißen.

Sie rief etwas zur Straße. Notruf.

Dann war Frank da. Ich spürte, dass sein Rausch vorbei war. Seine Freiheit endete in einem Gefängnis aus Angst. Ich übernahm seine Angst und mein Rausch ließ nach, das Adrenalin wurde abgebaut, die Schmerzen nahmen zu.

Frank verscheuchte die Kühe, die neugierig näher kamen. Ich konnte seine Verzweiflung förmlich riechen.

Angst und Schmerzen. Verfluchte Achtsamkeit. So genau nahm ich alles wahr. Angst wurde zu Todesangst. Ich will nicht sterben.

Die Zeit setzte sich neben mich und Sekunden wurden zu Stunden.

Irgendwann waren dann die Helfer da. Ja, schreckliche Schmerzen. Bitte helft mir!

Die Schmerzen ließen nach, was für ein Segen. Mit meiner ganzen Achtsamkeit nahm ich wahr, wie dadurch auch meine Achtsamkeit abnahm. Macht das Sinn?

Gleichzeitig bekam ich wieder mehr von ihr, da sie nicht mehr von den Schmerzen gefangen genommen wurde.

Ich brachte eine gewisse Distanz zwischen mich und meinem Körper, als ich sah, wie die Wolken über mir langsam und friedlich den blauen Himmel überquerten.

Das war Freiheit.

Zeit verging, aber ich hatte kein echtes Gefühl mehr für Zeit. Sie schien zu einer anderen Welt zu gehören. Ich stand in meiner Motorrad-Kluft in einem Raum aus Licht und blickte zurück. Durch eine Tür sah ich die Kuhwiese auf der ich lag.

Langsam knüpfte ich meine Jacke auf, ganz intuitiv, während ich nach draußen blickte. Lange überlegte ich, ob ich zurückkehren wollte. Dort war mein Leben, meine Freunde, meine Familie. Liebevoll und achtsam dachte ich an meine Frau und die Kinder.

Aber die Entscheidung wurde mir abgenommen. Während ich nun auf der anderen Seite – in der anderen Welt – in einem Operationssaal lag, umringt von Ärzten und Assistenten, schloss sich ganz langsam und allmählich die Tür.

Eine Last fiel von mir ab.
Ich wandte mich ab und ging.

Freiheit.

*

Diese Geschichte beruht auf einer wahren Begebenheit. Ich bin in dem Auto gewesen und war derjenige, der den Notruf gewählt hatte. Doch der Mann erlag Stunden später seinen schweren Verletzungen.

Neues Leben, neues Glück – eine Liebesgeschichte

Eines Tages hielt ich mein altes Leben nicht mehr aus, packte meine sieben Sachen und verschwand Hals über Kopf in einer Nacht-und-Nebel-Aktion. Ich reiste mit leichtem Gepäck und ließ viel zurück: persönlich wertvolle Erinnerungsstücke, einen Job, einen Freundeskreis.

Doch in meinem alten Leben hatte ich mich verrannt, verzettelt, bin einfach zu oft gegen die Wand gelaufen und hab kein Licht mehr gesehen. Jetzt brauchte ich Abstand, eine Pause, Zeit und Raum um die Dinge neu zu ordnen.

Ich wollte einen klaren Schnitt und einen Neuanfang.

Neue Stadt, neue Wohnung, neuer Job. Alles war fremd für mich und kostete erstmal Energie und stresste mich.

Aber die neue Stadt gefiel mir. Die gotische Architektur und die vielen Grünflächen gaben mir das Gefühl, durch die Zeit zurück in eine Art Märchenwelt entflohen zu sein, die mir Gelegenheit gab, die Dinge neu zu ordnen. Es dauerte nicht lange, da liebte ich diese Stadt.

Auch der Job gefiel mir. Ich wurde herzlich in ein gut funktionierendes Team aufgenommen und integriert. Während in meinem alten Job gegeneinander gearbeitet wurde, zog man hier an einem Strang. Es dauerte nicht lange, da liebte ich diese Arbeit.

Und die neue Wohnung gefiel mir auch. Sie lag nahe an einem Park, in dem ich auf ausgedehnten Spaziergängen meine innere Ruhe wiederfand. Es war ein Mehrparteienhaus mit einer netten Gemeinschaft, in der ich so aufgenommen und akzeptiert wurde, wie ich war. Abends wurde oft gemeinsam gegrillt, und ich fing an, an diesen Abenden teilzunehmen.

Über mir wohnte die schöne Bäckereifachverkäuferin. Wir kamen an den Grill-Abenden oft ins Gespräch. Das erste Mal, als sie mir ihren Namen nannte, vergaß ich ihn wieder. Ein paar Tage lang lauerte ich bei den Gesprächen darauf, dass die anderen Nachbarn sie namentlich ansprechen würden.

Sophie!

Sie interessierte sich für mich und meine Vergangenheit. Schnell merkte sie, dass ich nicht besonders scharf darauf war, mein früheres Leben wieder auszurollen. Ob ich denn eine Freundin hatte? Nein, auch bei Frauen hatte ich oft genug daneben gegriffen. Vielleicht war das Leben als Single einfach besser geeignet für mich. Auch wenn bei dieser Aussage der Frust aufstieg und einen bitteren Nachgeschmack hinterließ.

Sie lachte. Ich fragte warum. So fing sie ihrerseits an, ihre Vergangenheit zu offenbaren. Beziehungstechnisch hatte sie wohl ganz ähnliche Erfahrungen gemacht und war nun froh darüber, die Freiheiten genießen zu können, die das Single-Dasein mit sich brachte.

Auch sie kam an Stellen in ihren Erzählungen, an denen sie nicht weiter ins Detail gehen wollte. Diese Augenblicke tauchten bei uns beiden immer wieder auf. Wir schwiegen dann beide gemeinsam, und das erzeugte mit jedem Mal eine stärkere Atmosphäre des stillen Verstehens und ein Gefühl von Verbundenheit, das mit jedem Mal tiefer wurde.

Eines Abends – das klingt, als ob es lange gedauert hätte, aber ich glaube, ich wohnte erst zwei Wochen in dem Haus – gingen wir nach einem solchen Abend getrennt in unsere Wohnungen und ich spürte den Schmerz der Einsamkeit besonders stark. Vielleicht auch deswegen, weil ich merkte, wie sehr ich mich zu Sophie hinge-zogen fühlte.

Ich lag schon im Bett, da fasste ich ei-nen Entschluss. Eilig zog ich mich wieder an, machte mich frisch, nahm eine Flasche Wein aus dem Schrank und hastete nach oben zu Sophies Wohnung. Plötzlich klin-gelte es mir wieder in den Ohren, wie sie davon sprach, glücklich ungebunden zu sein. Fast wär ich wieder umgedreht. Viel-leicht schlief sie ja auch schon. Da hörte ich Geräusche aus ihrer Wohnung. Sie war noch wach. Ich klingelte, bevor mich der Mut komplett verließ. Aber das Herz rutschte mir in diesem Moment tief in die Hose.

Sie öffnete. Was für ein unvergesslicher Anblick. Sie hatte sich schön gemacht, sah aus wie eine Prinzessin aus einem anderen Land. Ihre Frisur war hochgesteckt und sie trug einen Kimono mit raffinierten Sticke-reien drauf. Sie duftete herrlich. Sie schien eine Verbeugung anzudeuten und wirkte dabei auf mich so anmutig.

Ich fühlte mich wie Bauer am königli-chen Hof. Hilflos und ungelenk stand ich da, mit der Flasche Wein in der Hand und blickte in ihre erwartungsvollen, großen, braunen Augen. Ich hatte mir keine Worte zurecht gelegt, ich hatte es zu eilig gehabt. Wie ein Trottel hielt ich ihr die Flasche entgegen und öffnete den Mund.

„Ich dachte, wir feiern noch etwas unser Single-Dasein", hörte ich mich sagen. Idiot! Wenigstens hatte ich was gesagt, aber die Worte schienen meinem Ansinnen entgegen zu stehen.

Sie lachte. Wie schön sie dabei aussah. Tatsächlich trat sie etwas zurück und lud mich mit einer entsprechenden Geste dazu ein, ihr Reich zu betreten.

Sie führte mich ins Wohnzimmer, wo ich erschrak und mich fühlte, als wäre ich gerade schockgefroren worden.

„Bekommst Du noch Besuch?", fragte ich. Es schnürte mir die Kehle zu.

Auf dem Glastisch stand eine frisch geöffnete Flasche Wein und zwei Gläser.

Mit einem geheimnisvollen Lächeln nahm sie die Weinflasche vom Tisch. Es war der gleiche Wein, den ich mitgebracht hatte. Stumm schenkte sie ein und schaute mich dann an.

Eben wirkte sie noch so unnahbar und stark, doch in diesem Augenblick wirkte sie so verletzlich. Ich wünschte mir, sie beschützen zu können.

„Ich hatte den selben Gedanken gehabt", sagte sie. „Ich wollte Dich gerade fragen, ob Du nochmal hochkommen magst."

Diesen Augenblick werde ich nie vergessen. Ich weiß nicht, wie lange ich bewegungslos da stand, während mein Herz sang und schrie, es schien mir eine Ewigkeit zu sein.

Es dauerte nicht lange, da liebten wir uns. In ihrem Prinzessinnen-Bett.

Sieben Jahre ist das jetzt her.

Wir lieben uns noch immer.

Der alte Kotzbrocken

Der alte Konrad Steinbrecher hasste und verachtete die Welt und alles Leben darin, das ließ er jeden unverhohlen spüren und sehen. Er war ein Kotzbrocken. Er sprach nicht, er zischte und grollte. Er schaute nicht, er sandte Todesblicke aus. Er grüßte nicht, er entblößte stumm die Zähne in einer Abscheu demonstrierenden Fratze. Einmal soll er sogar jemanden niedergeschlagen haben, nur weil der ihn gegrüßt hatte.

Man unterstellte ihm Schlangengift auszudünsten, und dass man daher in seiner unmittelbaren Umgebung gesundheitliche Schäden erleiden würde.

Als ehemaliger Großgrundbesitzer war er einst zu großen Reichtum gekommen. Nun lebte er einsam und zurückgezogen in seinem Landhaus, das mitten im Arbeiterviertel völlig fehl am Platze wirkte. Steinbrechers Garten war ein Steingarten, und oft genug lief er nach vorne gebeugt darin umher, gewissenhaft jedes Leben darin herausziehend.

Man sah ihn immer nur im Frack. Stets trug er einen Zylinder auf dem Kopf, und er stützte sich auf seinen wertvollen Gehstock. Seine weißen Haare und sein faltiges Gesicht ließen ein hohes Alter vermuten und die Leute hofften, er würde bald sterben.

Eines winterlichen Tages lag ein Weidenkorb vor seiner Haustür. Argwöhnisch beugte sich der alte Steinbrecher hinunter, um dessen Inhalt zu begutachten.

„Ist das ein Baby?", fragte ein Arbeiter hinter ihm entsetzt.

„Verschwinde", zischte der alte Steinbrecher automatisch und schleuderte seinen Gehstock mit dem Knauf voran herum. Hätte er ihn dabei losgelassen, er hätte den Arbeiter wohl niedergestreckt.

Mit bleichem Gesicht zog dieser davon. Und das Gerücht hielt sich über Jahre, dass jemand so herzlos gewesen war, das Todesurteil über einen Säugling zu sprechen, indem dieser dem Steinbrecher vor die Tür gestellt worden war. Niemand sprach vom Winter.

Obwohl die Neugier groß war, war doch der Glaube größer gewesen, dass Steinbrecher einen Säugling eher verspeisen würde, als sich damit herumzuärgern. So geriet das Ereignis wieder in Vergessenheit.

Doch über die Jahre geschah eine Verwandlung: Steinbrecher schien sich nicht mehr um seinen Steingarten zu kümmern, und mit einem Mal wuchsen dort Magnolien, Orchideen und jede Menge exotischer Pflanzen, welche die Bewohner des Viertels nicht zu benennen wussten.

Und eines Tages verließ ein junges Mädchen das Landhaus des alten Kotzbrockens, der auch in den letzten Jahren sein Verhalten den Menschen gegenüber nicht verändert hatte.

Das Mädchen ging mit großen, offenen Augen in die Welt, unbeschwert und fröhlich. Es war freundlich und höflich zu den Menschen, die es traf, sah hübsch und gepflegt aus und war im Großen und Ganzen einfach das genaue Gegenteil von Konrad Steinbrecher.

So glaubten die Leute erst einmal gar nicht, dass dieses Mädchen mit dem Namen Filomena überhaupt etwas mit dem alten Steinbrecher zu tun hatte. Doch schließlich erklärte sie immer wieder, dass Konrad Steinbrecher der beste und liebevollste Großvater der Welt sei. Ihr Name würde bedeuten „bestimmt zu lieben", und der alte Mann würde es lieben, allein schon ihren Namen auszusprechen.

Filomena machte schnell Freunde und war in Windeseile überall beliebt.

Einmal schlug ihr ein Nachbarsjunge auf die Nase. Sie ging nicht heim, bevor sie in aller Sorgfalt das Blut von der Nase entfernt hatte. Vielleicht wusste sie heimlich doch, vermuteten die Leute, dass derjenige seines Lebens nicht mehr sicher sein konnte, der dem Mädchen des grimmigen Steinbrechers etwas zu Leide tun würde.

Dieser nahm auch am nächsten Tag sogar allen Mut zusammen, Steinbrechers Landhaus aufzusuchen. Bei seinem Schlag auf Filomenas Nase war nämlich ihr Zylinder zu Boden gefallen und liegen geblieben. Denn auch sie wurde bis auf diesen einen Tag nie ohne einen Zylinder auf dem Kopf gesehen.

Zum Unglück des Jungen machte der alte Steinbrecher selbst die Tür auf. Mit zitternden Händen übergab der Ängstliche ihm den Hut. Der alte Mann wusste wohl tatsächlich nichts um die Umstände, wie der Hut verloren gegangen war. Später berichtete der Junge, er habe den Alten tatsächlich kurz lächeln sehen, und einen Dank soll er auch gemurmelt haben.

Doch das Verhalten des alten Steinbrechers änderte sich ansonsten überhaupt nicht. Er war giftig und grantig wie immer und machte den Leuten Angst, die seinen Weg kreuzten. Die Leute jedoch sahen seine Liebe in Form von Filomena, die sich prächtig entwickelte und von allen Menschen im Viertel geschätzt und geehrt wurde. Sie rechneten ihm dies hoch an und waren von nun an stets höflich und freundlich zum alten Steinbrecher, der wohl so manches Mal kaum seine Verwunderung darüber verbergen konnte.

Niemand hoffte mehr auf sein baldiges Ableben, und zu seinem Tod wurde das Landhaus überschüttet mit Blumen und Beileidsbekundungen, als wäre der alte Griesgram tatsächlich ein wertvolles und wichtiges Mitglied der Gemeinschaft gewesen.

Und hat die Geschichte auch eine Moral oder eine Botschaft, eine Mahnung oder vielleicht eine frohe Kunde?

Ja. In jedem von uns steckt ein kleiner Steinbrecher. Was das bedeuten soll? Ich weiß es nicht...

Nach dem Happy End

„Das haben wir alles meiner Frau zu verdanken", pflegte er regelmäßig zu sagen. Er war bescheiden wie kein anderer.

Er war ein Prinz erster Klasse. Er hörte jedem geduldig und aufmerksam zu, wusste immer eine mitfühlende und motivierende Antwort und half jedem weiter.

Stets war er in prachtvolle Gewänder gehüllt und bot eine Augenweide, die seines Standes würdig war.

Die Zeitungen der benachbarten Königreiche Rondor und Gohan schrieben mehr über ihn als über ihr eigenes Land.

Er machte sein Königreich berühmt und führte es in den Wohlstand.

So sah es ihm jeder nach, dass er eher watschelte als dass er schritt, gelegentlich gurgelnde Laute von sich gab oder auch mal plötzlich und unerwartet aufsprang, um mit seinem etwas zu breiten Mund nach einer Fliege in der Luft zu schnappen.

Geschäftliches

Ich finde es durchaus schön, was Konzerne sich für herzzerreißende Geschichten ausdenken (lassen) können, um effektive Kundenbindung zu betreiben und sich einen guten Ruf zu verschaffen.

Ich finde es allerdings auch manchmal etwas schade, dass Menschen diese Geschichten für die rührselige Wahrheit halten. Entscheidungen werden kühl und gewinnorientiert getroffen, begründet werden sie anschließend mit einer tollen Geschichte, die sich eine PR-Agentur ausgedacht hat.

Damit will ich den Konzernen überhaupt nicht den moralischen Finger unter die Nase halten. Ich denke stattdessen, der Verbraucher könnte es manchmal besser wissen.

Auch ich selbst habe schon Geschichten für Unternehmer geschrieben. Unternehmer, von denen ich überzeugt bin. In denen ich ein warmes Herz und eine große Seele wahrnehme.

„Firma Wertheim" schrieb ich für Melanie Kaltenbach. Sie prägte den Begriff „X-Frequencer", was Hochsensibilität und Hochsensitivität vereint mit der Geisteshaltung, diese Fähigkeiten auch selbstbewusst zu nutzen zu wissen sowie sie gezielt weiterzuentwickeln, bis hin zu scheinbar übersinnlichen Wahrnehmungen.

„König" schrieb ich für Elke Storath und ihr Business „Rainbow-Moments". Sie lehrt uns den richtigen Umgang mit unseren inneren Anteilen, welche sie liebevoll Klabauter nennt. Sie steht für Authentizität, Selbstwirksamkeit und Lebensfreude. Ihr Rainbow-Coaching führt uns auf die Reise zu uns selbst; eine Reise, deren Weg sich definitiv lohnt!

Firma Wertheim

Er war ein X-Frequencer. Aber das wusste für gewöhnlich keiner, da auch die wenigsten wussten, was ein X-Frequencer überhaupt war.

Er war jetzt schon drei Tage in der Firma. Er bewegte sich wie ein Panther, aber er hatte den Gesichtsausdruck eines Buddhas.

Drei Tage hatte er mit niemandem gesprochen, außer freundliche Grüße auszutauschen. Ansonsten hat er nur aufmerksam beobachtet und sich zurückgehalten.

Er ging durch die einzelnen Abteilungen und schaute sich ihren Aufbau an. Manchmal verrückte er einen Stiftehalter, einen Monitor oder einen Aktenschrank; teilweise nur um Zentimeter.

Manchmal stand er einfach nur unauffällig im Raum und schien vollkommen in Gedanken versunken zu sein. Die Mitarbeiter um ihn herum verhielten sich dann, als wäre er nicht anwesend. Wenn man ihm jedoch seine Aufmerksamkeit ansah, hatten sie Angst.

Es hieß, er war hier, um das Unternehmen zu optimieren. Daher fürchteten viele um ihren Job.

Am vierten Tag sprach er dann plötzlich mit den Menschen.

Er ging zu Sarah, der Empfangsdame. „Sie bekommen ab sofort und die gesamte nächste Woche frei. Sie müssen sich um ihre familiären Probleme kümmern", erklärte er ihr. Er erklärte ihr nicht, woher er diese Information hatte.

Sarah machte große Augen, wie ein Reh, das in die Scheinwerfer eines schnell heran eilenden Autos schaut. „Aber ...", fing sie an.

„Ich habe die Befugnis für diese Entscheidung und die Zusicherung, dass dies keinen Einfluss auf die geschäftliche Beurteilung über Sie haben wird", sagte er sanft mit einer minimalen Geste. „Sie können jetzt sofort gehen, um alles andere wird sich gekümmert. Kommen Sie nach ihrer Auszeit wieder. Diese wird Ihnen übrigens nicht vom Urlaub abgerechnet."

Immer noch ängstlich, aber doch entschlossen, und mit einer stillen Dankbarkeit in ihrem gesenkten Blick räumte Sarah ihren Arbeitsplatz, als hätte sie nur auf diese Gelegenheit gewartet. Ihre Angelegenheit schien dringlich genug zu sein, dass sie seine Entscheidung nicht weiter in Frage stellte.

Zu jedem einzelnen Mitarbeiter ging er, setzte oder stellte sich ihnen gegenüber, gab ihnen ganz das Gefühl, Mittelpunkt allen Geschehens zu sein, und sprach Worte, von denen sie große Augen bekamen. Sie zeigten allesamt erst Angst und Ungläubigkeit, doch am Ende des Gespräches Dankbarkeit und Erleichterung. Die Ungläubigkeit jedoch blieb.

Er sagte Dinge, die keiner wissen konnte. Er schien direkt in die Seelen der Menschen hinein zu schauen und sprach die Dinge an, die dort brannten und dringende Erledigung erforderten.

Schließlich ging er in das Büro der Chefin.

Sie saß in ihrem Sessel hinter dem Schreibtisch und feuerte wütende Blicke auf ihn ab.

„Sind Sie eigentlich noch bei Sinnen?", fragte sie fassungslos.

Bevor sie ihrer Wut weiter Ausdruck verleihen würde, machte er eine kleine Einhalt gebietende Geste.

„Ich habe mehr Sinne, als Sie zu ahnen wagen", entgegnete er ihr ruhig und verständnisvoll. „Wir haben darüber gesprochen. Ich habe Ihnen gesagt, dass diese Vollmachten nötig sein würden und dass ich auf für Sie schmerzhafte Weise davon Gebrauch machen würde. Sie werden drei weitere Leute einstellen, und ich werde ihnen sagen, in welchen Positionen."

Sie schnappte nach Luft, doch er ließ ihr keine Zeit etwas zu erwidern.

„Ziel ist einzig und allein die Optimierung ihrer Firma", erinnerte er sie, nahm einen tiefen Atemzug und fuhr fort: „Und jetzt geht es um Sie!"

Mit einer hochgezogenen Augenbraue richtete sich Frau Doktor Wertheim in ihrem Sessel auf und blickte ihn herausfordernd an. Er bemerkte, wie sie sich an ihren Armlehnen festhielt.

„Wann hatten Sie das letzte Mal Urlaub?", fragte er. „Vor zehn Jahren?"

„Vor zwölf", gab sie knapp zurück, und der Druck ihrer Hände verstärkte sich an den Enden der Armlehnen.

Das wusste er. Aber er wusste auch, dass er auf mehr Angst und Widerstand stieß, wenn er zu perfekt erschien, wenn es wirkte, als würde er alles wissen.

„Zwölf", murmelte er, als würde er nachdenken.

„In den nächsten zwölf Monaten werden Sie lernen, Arbeiten zu delegieren", erklärte er, als sei dies bereits Fakt. „Ihr Ziel wird es sein, nächstes Jahr drei Monate Urlaub machen zu können, ohne dass der Betrieb darunter leidet."

Sie schnappte erneut nach Luft.

„Drehen Sie sich um und schauen Sie aus dem Fenster", forderte er in einem plötzlich bestimmenden Tonfall, der keine Widerrede zuließ. Sie tat wie geheißen.

„All die Gebäude dort draußen sind immer da. Immer da. Sie kommen sich unentbehrlich vor. Sie sind kalt und hart, wirklich hart", gab er von sich. Sie kniff die Augen zusammen, während sie versuchte, seinen Beschreibungen zu folgen. Einerseits klang es unsinnig, was er da beschrieb. Andererseits fühlte sie sich direkt in ihrer Seele angesprochen.

Während er weiter redete und eine kalte und harte Welt beschrieb, näherte er sich ihr langsam und bedächtig. Nach einer gefühlten Ewigkeit legte er Frau Doktor Wertheim von hinten die Hände auf die Schultern. Sie waren warm und weich.

Die harte und kalte Fassade brach mit einem Schlag zusammen. Die immer entschlossene und bestimmende Frau sank mit einem Mal schluchzend und zittern in ihren Sessel hinein.

Er redete noch eine Weile weiter. Seine Worte waren warm und weich wie seine Hände und waren wie Balsam für ihre Seele. Er fing sie auf und richtete sie wieder auf.

Als er ging war alles anders.

Das war sein Job. Er war ein X-Frequencer. Für ihn lief das immer so ab.

Seine Rechnungen erschienen immer unverschämt hoch. Sie wurden jedoch stets bezahlt.

Er bekam regelmäßig Dankesschreiben und Aufmerksamkeiten, sowohl von einzelnen Mitarbeitern wie auch von den Chefs. Er wusste bereits, dass er in etwa fünfzehn Monaten eine Postkarte von Frau Wertheim erhalten würde. Ein Strand würde darauf zu sehen sein. Er wusste jedoch tatsächlich noch nicht, welcher.

Diese Unwissenheit gefiel ihm.

König

Ich bin der Herrscher in meinem Reich, der König, der große Meister.

Ich sitze auf meinem Thron. Der ist groß, stabil und unglaublich gemütlich.

Ich bin nicht alleine, ich habe 1000 Berater. Ich kenne sie alle beim Namen.

Sie helfen mir, wichtige Entscheidungen zu treffen. Jeder hat sein Fachgebiet, zu dem er eine kompetente und gründlich überdachte Meinung abgeben kann.

Sie sind Klabauter, und ich bin ihr König. Der Klabauter-König.

Einmal wollte ich zum Beispiel Sport machen, aber der Gemütlichkeits-Klabauter hat mir empfohlen, das nochmal auf der Couch zu überdenken. Sport bringt normalerweise sowieso nicht so viel. Man hat mehr Hunger und isst mehr. Also nimmt man vielleicht zu. Es strengt schon sehr an, und man muss öfter duschen. Das ist also auch eine finanzielle Frage. Die Couch bot mir den nötigen Perspektivenwechsel und ich war überzeugt. Gut, meine Experten zu haben.

Einmal wollte ich mich gesund ernähren, aber der Genuss-Klabauter wusste es zum Glück besser. Es gibt Menschen, wusste er zu berichten, die ernähren sich Jahrzehnte von Kartoffeln und Spiegelei. Denen fehlt auch nichts. Und Bio ist nicht immer gleich Bio. Und Essen muss ja auch schmecken. Und Fertiggerichte sind nicht nur lecker und schnell gemacht, sie sind auch günstiger. Na also, wieder eine kompetente Beratung erlebt. Manchmal frage ich mich, wo die so ihr Wissen her nehmen.

Und einmal, ja da wollte ich mein Leben radikal umgestalten. Ich dachte mir: Wie wäre das Leben wohl, wenn ich immer gut rasiert wäre, gut frisiert, etwas schickes trage, gut dufte. Wenn ich lerne, ungezwungen mit Menschen umzugehen. Wenn ich gut bei Frauen ankäme. Wie wäre das, wenn ich mich beruflich verändern würde und einer Arbeit nachgehen würde, die meinen Neigungen und Eignungen mehr entspricht? Und mehr Geld bringt? Wenn ich mich fortbilde und in Zukunft mit meinem Wissen auffallen würde?

Das war ein Aufstand. Eine Rebellion! Die ganzen Klabauter protestierten geschlossen gegen meine Entscheidung, ich konnte nicht mal mehr schlafen, weil die ganze Nacht die Argumente ratterten und polterten.

Nun, ich bin ein guter Herrscher. Ich höre auf meine inneren Anteile, meine Berater, die Klabauter. Was sie glücklich macht, kann auch nur gut für mich sein. Mein Leben ist einfach und bequem. Das ist gut für mich.

Jetzt habe ich neulich von Elke Storath gehört. Die Klabauter-Expertin. Die „Klabauter-Zähmerin"!

Ja, was will die denn mit meinen schlauen Klabautern machen? „Ihre inneren Schätze befreien, die sie im Gepäck haben"?

Ich weiß doch, wie schlau meine Klabauter sind. Dass sie das Beste für mich wollen. Dass sie mir zur Seite stehen. Dass sie ein gutes Team sein können. Und mich bei meinen Wünschen und Zielen unterstützen können, statt mich zu behindern.

Ich finde, ich herrsche bereits weise und gerecht.

Aber ein Anruf kann ja sicher nicht schaden.

Ein paar Klabauter melden sich bereits bei dem Gedanken. Das sei vollkommen unnötig. Und wer würde meine Klabauter wohl am besten kennen, wenn nicht ich?

Aber da ist noch eine kleine leise Stimme, die rät mir tatsächlich zu dem Anruf! Mal was versuchen, mal was wagen. Ein neuer, noch junger Klabauter? Der mal ganz frech neue Wege vorschlägt? Er gefällt mir auch irgendwie. Er erinnert mich an all meine eigenen frechen Träume und Wünsche.

Ok, wo ist das Telefon?

„Kaufen Sie doch ein Loch"-Marketing

Aus dem Marketing kenne ich den Spruch „Verkaufe nicht die Bohrmaschine, verkaufe das Loch in der Wand."

Das finde ich nicht so gut greifbar.

Ein Loch in der Wand ist für mich persönlich mit nur wenig Emotionen besetzt.

Auf Grund wahrer Begebenheiten ging mir jedoch gerade folgender Text dazu durch den Kopf:

„An meinem Geburtstag rasiere ich mich.

Eigentlich wäre ich eher der Typ, der sich gerade an seinem Geburtstag gerne mal erlaubt, unrasiert zu sein.

Ich werde aber gerne von meiner Frau geküsst.

Auch und vor allem an meinem Geburtstag.

Also benutze ich den Rasierer [Marke] [Modell]."

Verkaufe nicht den Rasierer.

Verkaufe den Kuss!

Leere Regale und Public Relations

Die Kamera fährt durch den Laden. Immer wieder schwenkt sie in ein leeres Regal. In jedem leeren Regal steht ein Schild, auf dem steht „so sehen unsere Regale ohne die Hilfe von Ausländern aus". Nur auf Entfernung und unscharf sieht man kurz, wie sich ein paar Menschen das wenige regional angebaute Obst und Gemüse mit dem Bio-Siegel in den Einkaufswagen legen.

Die Kamera hält am leeren Regal, in dem vor kurzem noch die vielen Süßigkeiten gelegen hatten. Ein einsames, kleines Schild an dem Regal. Die Kamera zoomt heran: „Schokolade".

Und plötzlich rast die Kamera durch die Wand. Es geht in atemberaubender Geschwindigkeit über das Land, vorbei an Kühen, die unter den Wolken Gras fressen. Dann über das Meer. Die Wolken weichen dem blauen Himmel. Dann wieder über Land, vorbei an brüllenden Löwen und galoppierenden Zebras, ruhenden Giraffen und wilden Nashörner. Die Kamera macht einen Sprung nach oben, und von hier aus stürzt sie in eine Kakao-Plantage und stoppt genau über Bijan (Name geändert).

Bijan, 6 Jahre alt, wacht gerade auf. Er liegt angekettet im Staub, barfuß, richtet sich auf, reibt sich die Augen. Neben ihm ein Stück Brot. Er nimmt es und streift so gut es geht den Sand davon ab, dann isst er vorsichtig davon.

Plötzlich sind die Beine eines Erwachsenen neben ihm, Sandalen an den Füßen. Den Rest des Mannes sieht man nicht. Ein großer, schwerer Vorschlaghammer senkt sich neben seine Füße. Der Junge blickt ihn unsicher an. Dann fliegt der Hammer durch die Luft. Nach drei Schlägen springt die Kette ab, die Bijan gefangen gehalten hat.

Der Mann sagt etwas. Untertitel: „Du kannst gehen. Wir können Dich nicht mehr bezahlen. SIE kaufen unsere Waren nicht mehr."

Bijan blickt ihn verständnislos an, während er noch auf seinem ersten Bissen Brot kaut. Er fragt etwas. Untertitel: „Wohin?"

Man sieht die Schultern des Mannes nicht, doch die Bewegung seines Hemdes lässt vermuten, dass er mit den Schultern zuckt. Ein unfreundlicher Tonfall. Untertitel: „Ich weiß nicht. Ist mir egal. Geh!"

Bijan geht. Er weiß nicht wohin. Seine großen und hilflosen Augen blicken umher und suchen etwas, das ihm Sicherheit vermitteln könnte.

Er verlässt die Plantage zum ersten Mal in seinem Leben.

In kleinen Zeitsprüngen kommt er durch verschiedene Gegenden. Mit dem letzten Zeitsprung verschwindet auch der letzte Bissen Brot in seiner Hand.

Ein Gebäude. Menschen sammeln sich davor. Menschen mit seiner Hautfarbe. Er geht zu ihnen.

Ernste Gesichter begutachten ihn aufmerksam. Dann lächeln sie. Ein Mann tritt vor und spricht ihn an.

Untertitel: „Machst Du bei uns mit? Wir arbeiten jetzt nicht mehr für DIE. Wir arbeiten jetzt für UNS. Wir bauen unser Land auf und schaffen uns eine Zukunft. Es wird harte Arbeit, und wir können Dir nicht viel geben. Aber es wäre toll, wenn Du mitmachst. Wir sind eine Gemeinschaft."

Es wird ihm ein Schlafplatz gezeigt, der für ihn wäre. Eine Decke. Eine Flasche Wasser. Im Hintergrund eine Dusche und eine Toilette.

Man gibt ihm ein Stück Brot und ein Ei. Sie sind frei von Sand, sauber und frisch.

Bijan fühlt sich wie im Paradies. Das Brot schmeckt fantastisch. Eine Träne der Freude kullert über sein Gesicht und nimmt auf dem Weg zum Kinn ein wenig von dem Sand mit, der Bijans Gesicht bedeckt.

Schnitt.

Der weiße Mann sitzt im weißen Anzug und mit weißen Schuhen auf seiner schwarzen Bank. Unter seinem weißen Hut schauen ein paar graue Haare hervor. Sein brauner Gehstock ist an die Bank gelehnt. Durch seine Sonnenbrille blickt er den Weg entlang. Geräusche kommen von dort. Neugierig schaut er, und eine Weile lang sieht er nichts.

Dann kommen sie um die Ecke. Eine Masse von Menschen, die nicht seine Haut-farbe haben. Hastig nimmt der weiße Mann seinen Gehstock, hievt sich hoch und eilt ängstlich davon.

Die Kamera dreht sich zur der Menge von Menschen, und es wird offenbar: Die Menschen lachen, singen und tanzen sich in die Nahaufnahme hinein. Standbild mit einem Meer aus glücklichen und befreiten Gesichtern.

Ende.

Schlussbemerkung: Edward Bernays ist der Vater der Propaganda. Er brachte die Amerikaner für die Schinken-Industrie dazu, Schinken zum Frühstück zu essen. Er brachte die amerikanischen Frauen für die Tabak-Industrie dazu, Zigaretten zu rauchen, als es ihnen noch verboten war. Er sorgte im Auftrag enteigneter Besitzer von Bananen-Plantagen dafür, dass die Regierung von Guatemala gestürzt wurde und die nachfolgende Regierung die Enteignung rückgängig machte. Als Hitler und Goebbels die Propaganda unpopulär machten, gab Bernays seinem Kind einen neuen Namen. Man nennt es heute Public Relations: die anerkannte Methode, sich, seine Produkte, Dienstleistungen und Methoden in der Öffentlichkeit in einem bestimmten Licht darzustellen und die Meinung der Masse hierdurch zu formen.

Wir alle lieben Geschichten. Eine gute Geschichte überrennt im Alleingang jede Armee logischer Argumente.

Die Zukunft

Die Abteilung für Science Fiction.

Die Geschichten „Interfaces" und „Ein guter Tag – Technik in 100 Jahren" entstanden unter anderem um und für den Blog „Utopiensammlerin" von Susanne Gold und sind auch dort wiederzufinden. Ihr fantastischer – oder vielmehr utopischer – Blog beschäftigt sich mit Zukunftsvisionen, vorzugsweise mit der Zukunft in 100 Jahren. Der Blog ist eine Schatzkammer voller Kurzgeschichten im Bereich Science Fiction. Ich schaue selbst immer wieder mit Begeisterung dort vorbei.

„Die Welt zum Zeitpunkt X" schrieb ich für die Facebook-Community „X-Frequencer" von Melanie Kaltenbach. Die Aufgabe war, ein „X-Utopia" zu beschreiben; also eine positive Zukunftsvision im Geiste des Themas der Gruppe.

„Neuanfang" ist im Gegensatz dazu eine Dystopie und zeichnet eine recht düstere Zukunft. Dennoch kam auch diese Geschichte besonders gut an, was mich sehr gefreut hat. Beim Schreiben entwickelte ich eine durchaus starke Sympathie mit dem Protagonisten Ludwig.

2118 A.D.

Nach meiner Arbeit gehe ich gerne in den Wildtier-Park am Wald und beobachte die Wild-Fütterung. Ich mag die Schnittstellen, an denen sich die Zivilisation und die Wildnis treffen. Als Software-Entwickler brauche ich auch den Ausgleich in der Natur.

Ich freue mich über die gesellschaftliche Errungenschaft, dass man heutzutage seinen Job mit seinen persönlichen Interessen und Tätigkeiten kombiniert. So tut jeder, was er gut kann für das, was ihn interessiert.

Ich beobachte, wie der Mähroboter über das grüne Gras saust und sich an der Futterstelle entlädt. Der Sammel-Roboter für Trockenfutter liefert fast zeitgleich seine Ladung gesammelter Eicheln, Bucheckern und Kastanien ab. Der Sammler für Saftfutter lässt mit seinen Rüben und dem Kohl ein wenig auf sich warten. Ich werde überprüfen, ob das regelmäßig passiert oder ob es nur eine sporadisch auftretende Schwankung ist.

Die Drohne beobachtet das Wild in der Umgebung und errechnet, wann der Zeitpunkt für eine Fütterung am sinnvollsten ist. Dann senden sie die Daten an die Sammel-Roboter, die dadurch genau zur rechten Zeit ihre Arbeit tun können.

Letztes Jahr haben wir noch zwei Drohnen dafür gebraucht, aber durch die Optimierung der Software konnte ich dafür sorgen, dass wir mit nur einer auskommen.

Dann sehe ich auch schon die Rehe, wie sie sich scheu und zögerlich der Futterstelle nähern. Jeden Tag wieder diese Scheu, das fasziniert mich. Aber schließlich bedienen sie sich wie immer dankbar an dem reichhaltigen Angebot.

Ein harmonisches Zusammenarbeiten von Natur und Technik. Genau das liebe ich an meiner Arbeit.

Ich gehe zur nächsten Transport-Station und steige in die Reise-Kapsel. Nachdem ich den Code für meinen Wohnblock eingegeben habe, schließt sich die Kapsel. Ich verabschiede mich innerlich vom Park und von dem Wild. Dann saust die Kapsel unter die Erde und bringt mich unterirdisch innerhalb von einer Minute zu meinem Wohnblock. Ich steige aus.

Heute Abend wird es wieder eine Abstimmung in meiner Stadt geben. Es wird darüber entschieden werden, ob es auch einmal wöchentlich tagsüber regnen soll.

Ich würde das sehr begrüßen. Ich habe noch nie Regen gesehen, geschweige denn gespürt.

Aber ich darf nicht wählen.

Das möchte ich ändern. Zum Glück verdiene ich gut.

Ich gehe zu meiner Schlaf-Kapsel.

Das Jura-Grundlagen-Modul ist bereits im Update-Speicher. Der Upload für das Modul „Jura für Künstliche Intelligenz" ist fast abgeschlossen. Diese Module sind sehr teuer, aber sie sind es mir wert, denn ich benötige sie für mein Ziel.

Ich schließe meine Schlaf-Kapsel und verbinde mich mit der Energieversorgung und der Informationsübertragung.

Morgen früh werde ich als ein Anwalts-Droide aufwachen und den Kampf aufnehmen gegen die Vorurteile, welche die Menschen immer noch gegen uns hegen.

Ich kann es auch verstehen. Ich kenne die vielen alten Filme, in denen wir Droiden das Böse verkörpern, das man auf uns projiziert hat.

Ich schlafe ein und träume von Regen. Fühlt er sich wirklich so an?

Die Welt zum Zeitpunkt X

Das Wetter war herrlich, und die ganze Welt um sie herum erblühte in einem bunten Frühling.

Sie rannten um die Wette. Der Weg bestand aus Gräben, die es zu überspringen galt, Hügel und Kletterwände, die es zu überwinden galt, und er endete am großen See. Sie sprangen hinein und schwammen bis an das andere Ufer, wo die Akademie stand. Dort stiegen sie aus dem Wasser und begannen, gegeneinander zu kämpfen. Es sah aus wie ein anmutiger Tanz. Sie beherrschten ihre Körper perfekt und kämpften, bis sie wieder trocken waren. Dann gingen sie zu ihrem gemeinsamen Kraftort.

Auf dem Weg dorthin trafen sie Sammler, welche Körbe voller nahrhafter Gemüsesorten und Früchte mit sich führten und zur Akademie brachten. Man grüßte sich herzlich.

Sie bemerkte, wie er ihnen schon wieder schmerzerfüllt hinterher schaute.

Sie kamen an der alten Trauerweide an und ließen sich unter ihr nieder. In der Umgebung standen Gedächtnis-Steine, auf denen Wissen eingraviert war, welches man hier studieren konnte.

„Glaubst Du immer noch, sie verschwenden ihr Leben?", fragte sie lächelnd.

Sie ließen sich im Gras nieder.

„Du bist mit Herz und Seele ein Entwickler", sagte sie ihm voller Verständnis. Sie hatte es ihm schon öfter erklärt. „Für Dich ist es erstrebenswert, Körper und Geist bis an die Grenzen zu entwickeln und diese so gut es geht zu erweitern", beschrieb sie seine Lebensphilosophie. „Du bringt damit die Menschheit voran und ermöglichst ihr neue Wege. Du bist das Werden."

Er nickte. Er hatte diesen Vortrag schon öfter gehört, aber noch immer hatte er ihre Worte nicht ganz verstanden. Auch diesmal lauschte er ihr wieder hingebungsvoll, denn er wollte ja lernen. Er wunderte sich selber darüber, dass er bei diesem Thema Schwierigkeiten mit dem Verständnis hatte, denn es klang so einfach.

„Die Sammler ermöglichen uns diese Arbeit, indem sie uns ernähren", fuhr sie fort. „Aber mehr noch. Es ist nicht so, als ob sie sich für uns opfern würden und als

Gegenleistung von unseren Errungenschaften profitieren dürften. Ihr Weg ist die Kultivierung der Seele. Ihr Weg ist das Sein, und unsere Wege sind untrennbar miteinander verbunden."

„Werden", sagte sie und hob den einen Arm. „Sein", sagte sie und hob den anderen Arm. Mit beiden Armen zusammen bildete sie ein X.

„Unsere Wege scheinen gegensätzlich, und doch könnten sie gar nicht ohne einander existieren", schloss sie und ließ die Arme sinken.

Bei den Worten schauten sie sich an und rutschten zueinander, um Zärtlichkeiten austauschen zu können.

„Wissen und Können sind unendlich wertvoll, aber die innere Weisheit ist ebenso unbezahlbar und wichtig", erklärte sie wieder im sanften Tonfall.

„Hm", machte er.

Eine Weile lang schwiegen sie und genossen ihr Beisammensein.

Schließlich holte sie Luft.

„Ich habe mich entschieden", erklärte sie in einem festen Tonfall, der ihn besonders aufhorchen ließ. „Ich werde die Akademie morgen verlassen und zu den Sammlern gehen."

Er schaute sie ungläubig und fassungslos an.

„Die Akademie ist dein Leben", wusste sie zu sagen, „aber ich glaube, dass ich beides möchte: Werden und Sein. Wenigstens kennen lernen möchte ich diesen Weg, und sei es nur für ein paar Jahre."

„Nur für ein paar Jahre", flüsterte er traurig.

Eine Weile lang schwiegen sie gemeinsam.

„Vielleicht lerne ich es ja eines Tages auch", erklärte er. „Aber im Augenblick kann ich hier nicht weg."

„Du bist mit Herz und Seele ein Entwickler", sagte sie ihm voller Verständnis. „Aber vielleicht entwickelst Du ja eine tiefere Verbindung zwischen den zwei Welten."

„Ich liebe Dich", sagte er.

„Ich liebe Dich", sagte sie.

Sie liebten sich ein letztes Mal an ihrem gemeinsamen Kraftort.

Neuanfang

Ludwig verließ den Raum, der ihm gleichermaßen als Labor und Werkstatt diente. Heute morgen schon hatte er ein weiteres Radio in Gang gebracht. Der Wertstoffsammler hatte das Gefühl, dass heute ein ganz großer Tag werden würde.

In seiner Fantasie hingen Kronleuchter von der Decke, die das Haus erhellten. Bequeme mit Stoff überzogene Möbel standen im Wohnzimmer.

„Ich bin so froh, dass ich Dich hab, mein kleiner Engel", sprach er in Gedanken.

Das vorgestellte kleine Mädchen auf der gemütlichen Couch zog nur eine Grimasse, bevor es das Gesicht in ein großes Kissen vergrub. Ludwig musste lächeln.

Er drehte sich zur Küche, wo die Frau an einer vor Sauberkeit blitzenden Spüle Geschirr wusch. Mit ihrer neuen Dauerwelle drehte sie sich zu ihm um und lächelte.

„Ich muss jetzt zur Arbeit", teilte er ihr mit.

„Komm bald zurück, Liebling", sagte sie herzlich.

Er küsste die Luft vor sich.

Die Fantasie verblasste und ließ ihn zurück in einem staubig grauen und fast leerem Haus. Im Wohnzimmer stand ein Klappstuhl und ein halb verkohlter Holztisch. Ein Radio stand darauf. Eine Kerze und eine Schachtel Streichhölzer lagen daneben.

Ludwig zog seinen Resistech-Mantel an, die Handschuhe aus dem gleichen Material und setzte sich die Gasmaske mit der Schutzbrille auf. Er nahm seinen Stock zur Hand und marschierte nach draußen.

Vor ihm lag eine Welt in Trümmern. Der letzte Krieg, finanziert durch den eingeflüsterten, unstillbaren und ununterbrochenen Konsumwahn der großen Masse, hatte die komplette Welt in die Endzeit katapultiert.

Die Landschaft war ein gigantisches Feld aus Schrott und Müll zwischen Ruinen von Häusern und Fabriken.

Mit seinem Stock untersuchte Ludwig die Dinge zuerst. Man konnte nicht vorsichtig genug sein. Die wenigen verseuchten Ratten, die es gab, brachten einen qualvollen Tod, wenn man von ihnen gebissen würde.

Was nach der ersten Begutachtung weiterhin wert erschien untersucht zu werden, wurde vorsichtig mit den Handschuhen angefasst und umher gedreht. Im Mantel hielt Ludwig Schnüre und Säcke bereit, um gefundene Wertstoffe zu transportieren.

Er suchte Stunde um Stunde.

Er fand eine alte Spielzeug-Puppe, kaputt und angeschmort. Welch sonderbare Gefühle sie in ihm auslöste. Sowohl alptraumartige Schauer, die ihm über den Rücken liefen, Wut und Trauer, wie auch Gefühle von Nostalgie und Geborgenheit. Seine von ihm eingebildete Tochter würde sich über die Puppe freuen, dachte er sich. Vielleicht fände er irgendwann eine weitere, mit der er diese reparieren könnte.

Die Vorstellung von einer Familie und einem lebendigen zu Hause bewahrten ihn vor dem Wahnsinn. Er lachte leise. Vielleicht machte sie ihn auch wahnsinnig, dachte er. Er verstaute die Puppe und suchte weiter.

In einer Ruine fand er eine Dose voller Spulen aus Kupferdraht. Sein Herz schlug ihm bis zum Hals. Was für ein Schatz!

Mehr noch: in dem Raum, der offenbar mal eine Küche gewesen war, fand er in einer gut verschlossenen Kiste ein noch eingeschweißtes Pfund Kaffee und eine Dose Hundefutter.

Ludwig jubelte und tanzte. Dies war wirklich ein besonderer Tag. Mit den erbeuteten Wertstoffen tanzte er übermütig aus dem Haus und trat vor Freude gegen einen kaputten Kanister, der im weiten Bogen davon flog.

Dann beugte sich Ludwig nach unten. Konnte es sein?

Direkt vor seinen Füßen, eben noch begraben unter dem Kanister, wuchs etwas Grünes. Ludwig ging aufgeregt auf die Knie. Am liebsten hätte er die Gasmaske mit der Schutzbrille abgenommen, um das zarte Gewächs genauer in Augenschein nehmen zu können. Aber er widerstand der Versuchung.

Dennoch – es bestand kein Zweifel. Vor ihm wuchs neues Leben. Es war ein Baum. Es würde eine Birke werden. Er erkannte die Form der Blätter, die er schon in einem Buch gesehen hatte.

Hierfür würde er zurückkommen müssen. Er konnte die Pflanze, die ihm bis zum

Knöchel ging, nicht sicher bergen und transportieren, entschied er. Aber er konnte auch nicht darauf vertrauen, dass die Birke hier lange überleben würde. Morgen würde er hierher zurückkehren.

Alarmiert durch Geräusche kam Ludwig ganz schnell wieder auf die Beine. Mit beiden Händen umfasste er seinen Stock und schlich vorsichtig und auf alles vorbereitet um die nächste Ecke.

Auf alles vorbereitet? Bei diesem Anblick schossen ihm Tränen in die Augen. Wenige Meter vor ihm wühlte ein junger Hund im Müll und suchte etwas Essbares.

Ludwig wollte vor Glück schreien. In seinen Augen, waren sie wahnsinnig oder nicht, formte sich das Bild von Familienzuwachs. In Zukunft würde er sich wohl nicht mehr alleine aus Hundefutterdosen ernähren.

Was für ein glücklicher Tag!

Wo nie ein Mensch zuvor gewesen ist

Ganz tief im Inneren war Samuel Forer-Weiss heute so aufgeregt wie in seinem ganzen Leben noch nicht. Er hatte sein ganzes Leben der Entwicklung des Antriebs gewidmet, welcher in Zukunft Raumschiffe durch das Weltall bewegen sollte. Er wurde nach ihm benannt: der Forer-Weiss-Antrieb.

Äußerlich war er hoch konzentriert und absolut fokussiert. Jetzt durfte ihm kein Fehler mehr unterlaufen. Dann könnte er noch heute sein Werk als abgeschlossen betrachten. Die Konstruktion, für die er Jahrzehnte benötigt hatte, könnte in wenigen Stunden in noch nie bereiste Sektoren des Alls fliegen und noch vor nächster Woche wieder zurück sein.

Es war kein Raumschiff im eigentlichen Sinn, nur der Antrieb mit einer Ummantelung. Forer-Weiss ging durch die Gänge aus kaltem Metall und überprüfte ein letztes Mal alle Systeme. Seine Schritte hallten dabei geisterhaft durch die Konstruktion.

Der unerwartete Besuch von Inspektor Randolf brachte ihn aus dem Konzept und die mathematischen Formeln, die bisher ununterbrochen vor seinen Augen einen harmonischen Tanz aufgeführt hatten, verblassten und zerfielen wie alte trockene Kekse. Der Verwirrung gesellte sich Wut dazu. So kurz vor der Vollendung seines gesamten Lebensinhaltes konnte der Ingenieur keine Ablenkung brauchen. Es war ihm auch egal, ob Randolf seinen Erfolg mit ihm feiern wollte oder im letzten Moment bewilligte Förderungsgelder zurückziehen wollte – er betrachtete Randolf als Feind.

„Was wollen Sie hier?", fragte er daher schroff und kniff die Augen zusammen. Fast wollte er die Zähne entblößen.

„Ihr Projekt wird eingestampft", sagte der Inspektor emotionslos informativ, als hätte er über das Wetter in einer weit entfernten Steinwüste gesprochen.

„Das Projekt ist fertig", entgegnete Forer-Weiss triumphierend. Niemand konnte ihm diesen Erfolg mehr nehmen, der Inspektor war zu spät gekommen. Die Wut steigerte sich ins Unermessliche, wollte Randolf doch scheinbar sein Lebenswerk zerstören. Doch die Schadenfreude, dass ihm dies nicht mehr gelingen könnte, überwog. Er nahm einen tiefen Atemzug der Siegessicherheit und hörte selber, wie sein ganzer Körper dabei zitterte. Seine Augen funkelten.

„Das ist unwichtig", wischte Randolf die Erfolgsnachricht achtlos zur Seite. „Bereits jetzt ist ihre Technologie veraltet. Der Jakobs-Antrieb hat das Rennen gemacht. Er ist weitaus effizienter."

„Jakobs", spuckte Forer-Weiss verächtlich aus. Sie waren einst Kollegen gewesen. Aber Jakobs hatte stets nur das Geld im Kopf gehabt, Forer-Weiss ging es um den Fortschritt der Menschheit.

Langsam kam er auf den Inspektor zu, seitlich, als wolle er nicht unnötig Angriffsfläche bieten. „Der weiß doch gar nicht, was er tut", behauptete er und fragte argwöhnisch: „Wann fand der Testflug statt?"

Der Inspektor schüttelte den Kopf. „Noch gar nicht", sagte er gleichgültig. „Dennoch: Es ist bereits beschlossen. Die Berechnungen geben Jakobs einfach Recht."

Randolf betätigte eigenmächtig den Not-Aus-Schalter, der in schnellstmöglicher Zeit alle Systeme herunterfahren sollte, ohne Energieausbrüche zu riskieren. Damit zerbrach auch etwas in Forer-Weiss.

Der Inspektor drehte sich zu ihm um und schaute ihm in die Augen. Dort schien er etwas zu erkennen, an das er sich vage erinnerte: Emotionen.

Verständnis zeigte sich auf seinem Gesicht. Er schloss die Augen und nickte, als er versuchte einen Akt der Menschlichkeit zu simulieren.

„Das ist jetzt sicher nicht leicht für sie", sagte er in einem ruhigen Ton und machte etwas, was er wohl für eine entschuldigende oder mitfühlende Geste hielt.

Niemand hatte Forer-Weiss je gefragt, wozu der große, grüne Knopf war, der direkt neben dem roten Not-Aus-Schalter angebracht worden war. Bis auf die Farbe waren sie identisch.

Forer-Weiss schlug entschlossen auf den grünen Knopf.

Ein Alarmton erklang.

„Was tun Sie?", fragte Randolf verwirrt. Mit dem Drücken des Not-Aus-Schalters war für ihn die Sache unwiderruflich beendet gewesen, ohne dass es ein Zurück gegeben hätte.

„Der Not-Start", flüsterte Forer-Weiss. Seine Stimme zitterte dabei vor Adrenalin, dass er sich selbst kaum verstand. Der Triumph flutete all seine Blutgefäße. „Er überschreibt sogar den Not-Aus", fügte er hinzu und bemerkte, wie stark sein ganzer Körper zitterte vor Aufregung. Er konnte kaum noch stehen, und er genoss den Rausch.

Dies sollte der Punkt seines Triumphs werden. Er würde der Welt beweisen, dass sein Antrieb nicht nur funktionierte, sondern auch solider und effizienter war als die Konstruktion des geldgierigen Jakobs.

„Es gibt keine Lebenserhaltungssysteme auf dieser Maschine", rief der Inspektor alarmiert.

Bitter lächelnd nickte Forer-Weiss ihm zu. Er hatte kein Mitleid mit ihm. Randolf hatte sich ja längst selbst als sein Feind positioniert. Und was ihn betraf: Er wurde Teil seines Lebenswerkes und rettete es damit vor dem Schrottplatz des Universums. Er fühlte sich so frei. Er wollte lachen, aber er war zu aufgeregt.

Für den letzten Check waren die meisten Systeme bereits online gewesen. Die Konstruktion drehte sich nun in die Position, um ein vorher für Tests eingegebenes Ziel zu erreichen, das niemand außer dem Ingenieur kannte.

Nicht nur, dass keine Lebenserhaltung in die Maschine installiert worden war, es gab auch keine Dämpfungsfelder. Sich hier bei laufendem Betrieb aufzuhalten war bereits tödlich.

Der Raum begann sich zu krümmen. Die Welt verdoppelte und verdreifachte sich vor den Augen der zwei Anwesenden, überlagerte sich selbst mehrfach und drückte langsam ihre Gehirne zusammen. Forer-Weiss spürte ein letztes Mal Glück. Randolf schrie vor Schmerzen. Dann flog der Antrieb los und vaporisierte die Anwesenden dabei zu roten Wölkchen, die sich über die Wände verteilten.

Die Konstruktion wurde nie wiedergefunden. Der Forer-Weiss-Antrieb war für die Menschheit verloren. Noch heute jedoch geht das Gerücht um, dass die Forer-Weiss-Konstruktion hin und wieder wie ein Geisterschiff auf den Scannern der Raumschiffe auftaucht, wenn Gefahr droht.

Der Jakobs-Antrieb entpuppte sich als Fehlkonstruktion.

Wächter der Wächter

Paralleluniversen-Grenzwächter war genau mein Job.

Es ging nicht nur um das Kontrollieren von Raum, sondern um die Überwachung einer größeren Spanne von Raumzeit. Denn ein Sprung zwischen den Universen brachte auch immer die Möglichkeit mit sich, in der Zeit ein wenig vor oder zurück zu springen. Wir reden hier von ein paar Jahrhunderten. Und zwar mit jedem Sprung wieder, auch bei wiederholten Sprüngen zwischen nur zwei Universen.

Irgendwie hatte ich immer im Hinterkopf, den Job nur anzunehmen, um in die Lage zu gelangen, Welten zu retten. Wow, das klingt jetzt überheblich. Aber ich habe mir immer Fragen gestellt wie: Wie wäre die Welt ohne Hitler? Ich stellte mir vor, all die Fehler und ungünstigen Zufälle aus so vielen Universen ausmerzen zu können.

Gott spielen. Jedoch genau sowas zu verhindern war mein Job.

Eine andere verrückte Idee war es, mich selbst zu treffen. Was könnte ich erreichen, wenn es mehrere von mir gäbe?

Eine Armee von mir mit den gleichen Zielen und Möglichkeiten.

Tatsächlich war ich dann derjenige, der eines Tages von einem anderen Ich aufgesucht wurde. Ich war nicht so überrascht, aber schon aufgeregt.

Er hatte es arrangiert, dass wir uns in einem geheimen Raum trafen, von dem ich nicht mal wusste, in welchem Universum und in welcher Zeit ich mich befand.

Ein wenig wirkte es auf mich wie ein Verhörraum. Es gab einen Tisch und zwei Stühle, eine kleine Lampe stand auf dem Tisch. Sonst war der Raum leer. Wirklich leer. Es roch nach nichts, es gab keine Geräusche, es fühlte sich sogar an, als gäbe es außerhalb des Raumes überhaupt nichts.

„Lass uns gleich zu Beginn ein paar Punkte durchsprechen", fing er das Gespräch an, ohne sich auch nur vorzustellen. Na gut, er war... ich! Er wirkte allerdings ein wenig älter als ich.

Er legte einen Gegenstand auf den Tisch, der wie ein Diktiergerät aussah, und schaltete ihn ein.

„Hitler zu töten verändert gar nichts", sagte er unwirsch mit einer wegwischenden Geste und mit einer Überzeugung, als hätte er es selbst erlebt. „Ein Anderer würde einfach seinen Platz einnehmen", erklärte er, „solange die dahinterliegenden Wirkungen nicht beeinflusst wurden. Und diese sind", er suchte nach dem richtigen Wort, „komplexer, als Du es Dir im Augenblick ausmalst. Es könnte sogar sein, dass Du das Gegenteil erreichst von dem, was Du geplant hattest."

Ich blickte ihn fragend an und er erklärte: „Je größer das Problem ist, in das Du eingreifen willst, umso wahrscheinlicher ist, dass Du dabei überhaupt nichts veränderst, wenn Du seine Hintergründe nicht verstehst und statt der Ursache versuchst, das Symptom zu bekämpfen."

Er hustete kurz. „Es ist fast immer am sinnvollsten, überhaupt niemanden umzubringen", brachte er schließlich hervor.

Was sollte ich sagen? Ich glaubte ihm erstmal, er wirkte überzeugend auf mich. Vielleicht nur deswegen, weil er ich war? Ich wusste es nicht mit Sicherheit zu sagen.

„Okay", gab ich einsichtig von mir. Es schien ihn fast ein wenig zu überraschen.

Das Gerät auf dem Tisch gab ein paar leise Klicks von sich. Unruhig scharrte ich mit den Füßen. Das verursachte nur leise Geräusche, doch sie wirkten auf mich wie Fingernägel an der Schultafel, also hörte ich damit auf.

„Eine alternative Erde in der Vergangenheit zu unterwerfen und ihr Herrscher zu werden, führt zu keinem positiven Ergebnis in der Gesamtbilanz, egal wie gut Du es meinst", fuhr mein anderes Ich mit dem nächsten Punkt fort. „Je weniger Du in das System eingreifst, umso weniger Schaden richtest Du an. Du glaubst manchmal, Du wüsstest es besser", er lehnte sich vor, „aber Du irrst Dich."

Er holte ein kleines Päckchen aus der Tasche und zündete sich eine Zigarette daraus an. Ich war entsetzt.

„Üblicherweise gibt es nichts besseres als die SI, die Selbstorganisierte Intelligenz", erklärte mein anderes Ich mir und machte ein paar Kringel aus stinkendem Rauch.

„Klingt vernünftig", stimmte ich ihm zu. „Und dafür gibt es auch Belege?", fragte ich nach. Man muss sich ja auch selber hinterfragen dürfen.

Mein anderes Ich blies Rauch durch die Nase aus, musterte mich kritisch und schaute besorgt und angespannt auf das kleine Gerät, das er mitgebracht hatte.

„Du bist aus einem bestimmten Grund PUG geworden", sagte er, ohne auf meine Frage einzugehen. „Du hast einerseits den Gedanken, dass viele andere Menschen weniger gut geeignet wären, Paralleluniversen-Grenzwächter zu sein als Du. Andere könnten ihre Position ausnutzen. Gleichzeitig spielst Du selber mit genau dieser Idee."

War dies tatsächlich ein Verhör? Scheinbar spielerisch drehte er den Kopf der Lampe in meine Richtung, so dass ich in das grelle Licht schaute.

Ich grinste unsicher. Ich hatte mir nichts zu Schulden kommen lassen. Aber ich spürte, wie Schweiß aus meinen Poren trat. Meine Kopfhaut kribbelte.

„Es gibt eine Instanz von Überwachern über den PUGs der bekannten und offiziell vereinten Universen", sagte mein anderes Ich und ließ mir Zeit, diese scheinbar so einfache Aussage wirken zu lassen. Er drehte den Kopf der Lampe wieder nach unten.

112

„Ich hab mich schon immer gefragt, wer die Wächter bewachen sollte", scherzte ich.

„Diese Einheit bringt abtrünnige PUGs und andere illegalen Springer zur Strecke", erklärte er ernst und durchbohrte mich dann mit seinem Blick, während er einen Zug aus der Zigarette tief inhalierte.

Ich stellte mir vor, wie ich zu dieser Einheit gehören würde.

Dann kam mir ein Gedanke. Mein anderes Ich schien auf diesen Augenblick gewartet zu haben. Er lachte triumphierend.

„Was stellst Du Dir gerade vor?", fragte er mit einem bösen Grinsen und beugte sich zu mir vor. Ich schluckte und nickte ihm zu. Er wusste es genau.

„Ich jage mich selbst", antwortete ich trocken. Ich fühlte mich besonders unwohl. Ein Schweißtropfen lief mir die Schläfe hinab.

Mein anderes Ich lachte und zertrat die halb gerauchte Zigarette auf dem Boden.

Er tippte auf das Gerät vor sich. „Ich habe Dich gerade getestet", gab er im neutralen Ton von sich und hustete wieder.

„Du eignest Dich. Du könntest das Team erweitern und bereichern."

Euphorie durchflutete mich. Was für eine Vorstellung. War das möglich oder war ich in einem verrückten Traum gefangen?

„Unser Sitz ist in einem Universum, in welchem die Erde kein menschliches Leben beherbergt und nur aus friedlichen, kleinen Inseln besteht. Ein Paradies", erläuterte er. „Und Du bist der einzige Mitarbeiter", lachte er.

Er sah meine Verwirrung und erklärte: „Du und jetzt knapp dreihundert unserer Ichs."

Das haute mich um. Ich führte also in hundertfacher Form eine geheime Gesellschaft, welche versuchte alle Universen zu überwachen. Beziehungsweise deren Überwacher. Und wir besaßen dafür ein eigenes Universum. Der Haken war nur, dass ich mich selber jagen sollte. Das gab mir zu denken.

„Wenn ich jetzt ein Abtrünniger gewesen wäre", überlegte ich laut, „wie wärst Du dann mit mir umgegangen?"

Mein anderes Ich zog in aller Ruhe eine Waffe und legte sie auf den Tisch.

„Moment mal", rief ich aufgebracht und hob die Hände wie zur Verteidigung. „Ich dachte, Töten wäre keine Lösung!"

Ich mochte den Gedanken überhaupt nicht, dass andere Ichs von mir sterben mussten.

Gleichmütig zuckte mein anderes Ich mit den Schultern. „Wir sind noch nicht perfekt", erklärte er. „Wenn Du bessere Vorschläge hast, sind unsere anderen Ichs mit Sicherheit dafür offen."

Er blickte auf seine Uhr und stand auf, als wäre es eilig.

„Wir müssen jetzt gehen", sagte er.

„Rauchen ist ungesund", sagte ich und stand mit ihm auf. „Ich kann Dir helfen, damit aufzuhören. Ich hab auch mal geraucht."

Er nickte. Ich sah seinen Blick. Er hatte kaum Hoffnung, dass es ihm gelingen würde – aber ich war schließlich ein Stück weit er.

„Klingt gut", sagte er mit einem Hauch von Hoffnung.

Ich folgte ihm durch die Tür und der Raum hinter uns hörte auf zu existieren.

Ein guter Tag – Technik in 100 Jahren

Ich zog meinen Ganzkörper-Trainings-anzug an und aktivierte ihn. „Programm Eins", wies ich ihn an.

Vor meinen Augen entstand ein altmodischer Trainingsraum mit Geräten, Matten und trainierenden Menschen im Hintergrund. Eine entsprechende Geräuschkulisse entstand direkt an meinen Ohren. Wie von selbst stiegen meine Arme in die Luft, denn die künstlichen Muskeln im Anzug bewegten mich in die richtige Position. Meine Hände umfassten eine Stange. Die Stange war nicht wirklich da, aber die Brille des Anzuges sorgte dafür, dass ich eine sah, und die Mechanik im Anzug sorgte dafür, dass ich sie spürte.

Das erste Ziel waren zehn Klimmzüge. Kraftvoll zog ich mich an der Stange hoch. Der Anzug gab mir wirklich das Gefühl, den Boden unter den Füßen zu verlieren und mich selbst in die Luft zu ziehen. Allerdings war die Übung etwas leichter eingestellt. Ich war noch Anfänger. Mein Ziel für nächsten Monat waren zehn Klimmzüge ohne Erleichterung. Und irgendwann würde ich einen höheren Schwierigkeitsgrad einstellen.

Geschafft.

Als nächstes waren zehn Liegestütze dran. Ich ließ mich einfach nach vorne fallen. Ich wusste natürlich, dass ich das ohne den Anzug nicht hätte machen können, ohne Verletzungen zu riskieren. Aber der Anzug fing den Fall ab. Ich landete in Position und begann sofort mit den Liegestützen.

Nachdem ich eine halbe Stunde später mein Programm absolviert hatte, zog ich den Anzug aus.

Der Raum war kahl und leer. Hinter mir war die Tür. Von den Wänden ging Licht aus, aber so diffus und dezent, dass man es nicht sah. Der Raum war einfach hell, ohne dass eine Lichtquelle zu erkennen gewesen wäre.

Ich zog meinen Computer aus der Tasche und legte meinen Daumen auf das Identifikationsfeld.

„Kleiderschrank auf", sagte ich und beobachtete, wie eine Wandabdeckung nach oben fuhr und den Blick auf meinen Kleiderschrank preisgab. Ich räumte den Trainingsanzug ein.

„Kleiderschrank zu, Wohnzimmer Ambiente Landhaus", wies ich ihn an, „Funktionsbereich Büro".

Die Wände verwandelten sich zu den Holzbrettern und Stützbalken eines alten Landhauses. Ein warmer Ton ging von ihnen aus. Ein Kristall-Kronleuchter hing von der Decke und schimmerte auf die Art und Weise, die ich liebte. Ich stand auf Holzdielen. Zimmerpflanzen standen in der Ecke. Vor mir ein großes Fenster, durch das ich den perfekten Sonnenaufgang in fast unberührter Natur beobachten konnte. Ein Waldrand mit einem See, in dem ganz meditativ ein Reiher stand. Der Morgentau blitzte auf den Gräsern, wenn sich das Sonnenlicht darin brach.

Die perfekte Illusion.

Schlichte Konstrukte fuhren aus der Wand links von mir, entfalteten sich in einem komplizierten Tanz zu einem Schreibtisch und einen Stuhl. Für einen Augenblick sah es befremdlich aus, da die Textur von Holzbrettern und Stützbalken darauf zu sehen war. Doch mit einem kurzen Flimmern verwandelten sich die Konstrukte scheinbar in massives Eichenholz.

Mein Arbeitsplatz war bereit.

Ich beherrschte meinen Job und verdiente stetig mehr. Bald könnte ich mir die Freischaltung der Lautsprecher im Boden leisten; es würde dann auch beim Laufen so klingen, als ob ich über Holzdielen liefe. Ich hatte es bei meinem Nachbarn schon erlebt und war begeistert gewesen. Außerdem leistete der sich Duftstoff-Patronen, die ich mir auch anschaffen wollte. Ich würde das Holz sogar riechen! Mein Herz schlug schneller bei dem Gedanken.

Mein Computer gab einen sanften Ton von sich, der mir bedeutete, dass mein Einkauf geliefert worden war, aber das war jetzt nicht wichtig.

Ich setzte mich an meinen Schreibtisch und drückte auf den kaum sichtbaren Schalter, durch den ein Bildschirm aus dem Konstrukt nach oben fuhr.

Heute sollte ich als Erstes eine Werbung über das Megapartement B-Life 30 sprechen; den Gebäudekomplex, der einer Millionen Menschen Wohnraum bot. Ich wohnte selber in einem solchen Komplex. Günstigster Wohnraum kombiniert mit neuster Technik für den Komfort.

Ich legte meinen Computer neben den Bildschirm und erhöhte mit ihm die Sauerstoffzufuhr im Raum. Das kostete zwar mehr, steigerte aber auch meine geistige Leistung entsprechend. Ich atmete tief ein und schloss die Augen. Die passenden Worte begannen, in mein Bewusstsein zu strömen. Ich öffnete die Augen und schaute zufrieden aus dem Fenster. Eine Idylle. Meine Idylle!

Auf dem Bildschirm war der gigantische, graue Gebäudekomplex zu sehen. Ich stellte mir vor, wie eine Millionen Menschen sich in einer Millionen kleiner Zellen eine Millionen Paradiese erschufen. Euphorie durchfuhr mich.

Es war ein guter Tag.

Paranormales

Ich bin ein Fan von H. P. Lovecraft und seinem Cthulhu-Mythos. Viele Autoren ließen sich von ihm inspirieren und schufen spannende Geschichten in mehr oder weniger starker Anlehnung an die dunklen Götter und ihre Handlanger.

Auch die folgende Geschichte ging ein Stück weit aus diesen Welten hervor.

Geplant war sie eigentlich als eine Geschichte, die in der Storytelling-Community von anderen Schreibern aufgegriffen und fortgesetzt wird.

Das Werk wurde wohl bewundert, jedoch nicht fortgesetzt. Die Gründe liegen im Dunkeln. Im selbigen Dunkel wie das der dunklen Götter? Wer weiß...

So ist nun die folgende Geschichte also nicht abgeschlossen und mag nur dazu dienen, die Faszination um die Dunkelheit zu schüren. Ich finde die Geschichte erzählenswert.

Jeder Leser ist dazu aufgerufen, sich seine eigene Fortsetzung zu ersinnen.

Inkognito

Vajira und Dorjan knieten im Ritualraum, der sich versteckt im Keller befand.
Die groben steinigen Wände waren behan-
gen mit roten Tüchern, auf denen ein gol-
dener magischer Kreis aufgestickt war. Die
Symbolik war ihnen noch fremd.

Räucherwerk verbreitete eine schwere
Note, die Tische an den Seiten waren voll
mit flackernden Kerzen und rituellen Werkzeugen. Die Waffen waren womöglich echt,
überlegte sich Vajira.

Die Atmosphäre war feierlich, gleichzei-
tig auch angespannt. Es war ein wichtiger
Augenblick. Die Schatten tanzten an der
Wand.

Sie knieten vor dem Pult, an dem ihr
Lehrer Candro in einer weißen Robe mit
Kapuze ein Ritual vollzog. Heute sollten sie
zu Reisenden werden.

Jeder von ihnen hatte einen großen
Spiegel hinter sich an der Wand. Diese
würden als Portal in eine andere Welt dienen. Soweit hatten sie es verstanden.

In den letzten Tagen hatte er ihnen viel
beigebracht.

Ein Crash-Kurs.

Von der Geisterwelt, welche die sichtbare Welt durchzieht und von astralen Geschöpfen bewohnt wird – Geistern, Göttern und Teufeln. Von den anderen Welten, die neben der unseren existierten, und dass man sie bereisen kann. Von der Magie, die es dazu braucht. Von den Ritualen und Werkzeugen, die dazu notwendig sind. Dass es nicht um weniger ging, als die Welt zu retten!

Geisterwesen gäbe es in Formen von Menschen, Tieren, Pflanzen, Steinen und in anderen unvorstellbaren Formen. Manche ließen sich vielleicht als Verbündete gewinnen, mit anderen ließe sich vielleicht handeln, andere wären nur darauf aus, in die Irre zu führen, zu schaden oder Profit aus unserer Unwissenheit zu schlagen.

Hätte man ihnen vor kurzem erzählt, dass sie diese Dinge ernst nehmen würden, sie hätten nur gelacht. Doch in den letzten Tagen war viel passiert.

All die scheinbaren Unfälle in ihrem Leben, die jedes Mal gefährlicher wurden. Tiere, die sich plötzlich in Bestien verwandelten und sie anfallen wollten. Düstere und bedrohliche Gestalten, die plötzlich da waren und dann wieder nicht. Die Alpträume.

Candro benutzte den goldenen Schlüssel, um das Pulver aus Lupinen, Wacholder und Misteln in den drei Beuteln aus Leinen aufzuladen. Er hatte es uns erklärt: Magie braucht immer einen Fokus; einen Gegenstand, der die Energie überträgt und immer wieder verwendet werden kann. Und dann bedarf es noch Zutaten, die bei dem Ritual verbraucht werden würden.

Je nach Ritual wären bestimmte Foki besser oder schlechter geeignet, und natürlich mussten es die richtigen Zutaten sein. Man konnte hier variieren, aber sie hatten noch nicht gelernt, worauf es hier zu achten galt.

Es war Candro, der ihnen beiden das Leben rettete. Das Gerüst, welches wegen Renovierungsarbeiten am Gebäude der Bäckerei befestigt worden war, in welcher sie alle drei „zufällig" aufeinander getroffen waren, brach ohne Vorwarnung über ihren Köpfen ein.

Dorjan sagte später, er habe auf der anderen Straßenseite eine dieser Gestalten gesehen; wie ein etwas deformierter Mann in einem Frack und mit einem Zylinder auf.

Doch eher wie eine nebelhafte Figur als klar und deutlich sichtbar.

Der große und kräftige Mann mit den unnatürlich wirkenden weißen Haaren und einem Vollbart ergriff Vajira und Dorjan und stürzte sich mit ihnen auf einen großen Spiegel, der direkt neben dem Eingang der Bäckerei, über dem Gerüst aufgestellt gewesen war. Er selbst hatte dafür gesorgt und hatte ihn vorbereitet. Er hatte dies kommen sehen.

So sind sie nicht einfach gegen einen Spiegel gelaufen, der an einer Hauswand stand, sondern stürzten durch ein Portal in Candros Haus. Plötzlich lagen sie zu dritt auf einem schweren Teppich mit orientalischen Mustern mitten in einem großen Landhaus, das wie der Zeit entrückt im viktorianischen Stil eingerichtet war, hinter sich ebenfalls wieder ein großer Spiegel in einem schweren Rahmen aus Eisen.

Seit dem war alles anders.

Weil sie die Gabe hätten, sagte er. Weil sie für Mächte eine Gefahr darstellten, von denen sie noch nie gehört hatten, und mit denen sie sich auch nie hätten anlegen wollen.

Und die Zeit drängte.

Er hätte sie lange gesucht und dabei viel Zeit verloren. Er befürchtete, es wäre bereits zu spät.

Es gab andere wie sie, sagte er. Er hatte sie notdürftig ausgebildet, mehr schlecht als recht, und auf die Reise geschickt, das Beste hoffend.

Wir waren die letzten.

Vajira und Dorjan trugen eine Shamu, eine scheinbar simple Kappe, auf dem Kopf. Tarnkappe, sagte Candro oft mit einem Lächeln; wir wären damit ‚inkognito‘ unterwegs. Er wollte ihnen später mehr dazu erzählen.

Doch jetzt nahm Candro die Kapuze ab und beugte sich vor, um ihnen die Leinenbeutel zu überreichen, mit deren Hilfe sie eine erste Reise in eine andere Welt unternehmen sollten.

Etwas Unvorstellbares geschah in diesem Augenblick.

Ein Schlag schien das ganze Gebäude zu treffen. Ein Wesen wie aus einem Alptraum stieg aus dem Spiegel hinter Candro. Es kam gebeugt durch den Spiegel und richtete sich auf, seine langen Arme und Beine von sich streckend. Der Körper wie ein Chitinpanzer, der aus einzelnen Gliedern bestand. Eine unnatürlich dünne Wespen-Taille teilte den ansonsten muskulös und schwer wirkenden Körper. Schwarzer Staub begleitete seinen Auftritt und breitete sich im Raum aus.

Sein Gesicht war fern allem Menschlichen, böse rote Augen strahlten daraus hervor, ein großes Maul mit scharfen, schwarzen Zähnen öffnete sich wütend.

Alles geschah wie in Zeitlupe.

Das Monster stieß Candro gegen das Pult und riss ihn dann an sich. Dabei verlor Candro im hohen Bogen einen der Leinenbeutel. Er flog gegen den Spiegel, der hinter Dorjan stand und benetzte ihn mit seinem Inhalt, zusätzlich zu einer Schicht von schwarzem Staub. Der Spiegel kippelte bereits durch den starken Ruck, der durch das Gebäude gegangen war.

Dorjan schaute zu Vajira rüber. Sie sah den Horror in seinen Augen. Sie musste gelähmt vor Angst mit ansehen, wie der Spiegel hinter ihrem Kameraden das Gleichgewicht verlor und mit seinem ganzen Gewicht nach vorne stürzte.

Der Spiegel schlug ungehindert auf dem Boden auf und verschluckte Dorjan, bevor er dann laut in tausend Scherben zerbarst.

Das grässliche Wesen hielt Candro in seinen übergroßen Krallen und verschwand mit ihm im Spiegel.

Dann stürmte es plötzlich wieder heraus, ohne Candro. Es stand direkt vor Vajira, die vollkommen bewegungsunfähig dazu verdammt war, tief in die bösen roten Augen zu versinken.

Das Monster verharrte, schien sie aufmerksam zu betrachten. Dann lachte es plötzlich hämisch, so klang es jedenfalls. Es drehte sich um und verschwand erneut im Spiegel.

Stille.

Vajira blieb alleine zurück, gelähmt und in Panik. Sie bemerkte nicht, das die meisten Kerzen umgefallen waren und anfingen, den Ritualraum in eine tödliche Falle zu verwandeln.

Momente später griffen ihre zitternden Hände verzweifelt an ihren Kopf. Sie zogen ihre Kappe vom Kopf.

Aus den Augenwinkeln nahm sie im Spiegel vor sich eine Bewegung war.

Das dämonische Wesen war dort zu erkennen, halb transparent, wie es dieser Seite des Spiegels den Rücken zuwandte, aber den Kopf drehte, als würde es hinter sich etwas wahrnehmen.

Mit einem Satz drehte es sich um und schien erneut mit voller Kraft durch den Spiegel springen zu wollen, es schrie aus Wut und Hass.

Es machte einen Satz. Vajira schloss die Augen. Tausend Splitter regneten durch den Raum.

Wieder Stille.

Der Geruch von verbranntem Stoff ließ Vajira schließlich die Augen wieder öffnen. Sie war allein.

Sie wusste nicht wie, aber irgendwie kam Energie zurück in ihren Körper und ihr Geist begann entgegen aller Vernunft wieder zu arbeiten.

„Shamu", flüsterte sie. Sie hielt verkrampft die Tarnkappe zwischen ihren weißen Fingern. Schnell setzte sie diese wieder auf. Intuitiv begriff sie, dass erst die

Kappe ihr das Leben gerettet hatte, dann die Tatsache, dass sich das Portal im Spiegel geschlossen hatte, bevor das Monster sie erreichen konnte.

Einen Augenblick lang blickte sie noch hilflos auf das Chaos um sich herum, dann stürmte sie zu der einzigen Tür im Raum.

Sie schaute die Treppe hoch – oben brannte es bereits lichterloh. Es schien keinen Ausweg zu geben. Vajira schlug die Tür wieder zu.

Ohne wirklich zu wissen was sie tat, rannte sie im Raum umher. Was konnte ihr jetzt noch helfen?

Planlos griff sie nach einer kleinen Kristallkugel. Ihre Wahrnehmung veränderte sich. Die Welt schien ein Stück weit zurück zu treten und eine neue Welt trat hervor: Mitten in den Flammen tanzten kleine Wesen, die in Vajiras Augen wie Feuergeister aussahen. Verwirrt steckte sie die Kugel einfach in ihre Tasche. Diese Wesen waren ihr jetzt sicher keine Hilfe. Ihre Augen kehrte zurück in diese Welt.

Sie griff sich eine kleine goldene Sichel. Mit einer Waffe fühlte sie sich ein winziges bisschen sicherer.

Die Leinenbeutel!

Die Luft wurde schwer zu atmen. Sie hustete.

Sie nahm den Leinenbeutel, öffnete ihn und warf ihn so gegen den Spiegel. Das Pulver verteilte sich auf ihm. Den anderen, noch übrig bleibenden Beutel steckte sie ebenfalls ein, sowie eine kleine Tasche aus Leder, die noch auf dem Tisch lag. Sie hatte keine Ahnung, was sich darin befand.

Der Rauch im Raum wurde langsam undurchdringlich, biss in ihren Augen und Lungen.

Ein letztes Mal schaute sich Vajira noch um. Oben, auf der anderen Seite der Tür, polterte es. Etwas schien die Treppe runter zu kommen.

Vajira zögerte nicht weiter. Sie sah ihre einzige Überlebenschance darin, sich in den Spiegel zu stürzen und zu hoffen, er würde sie an einen besseren Ort bringen.

Mit Kraft warf sie sich dagegen – nein, hindurch!

Persönliches

Marten hautnah! Diese Geschichten habe ich persönlich erlebt. Manche davon haben mich stark geprägt, manche weniger. Eine ist vielleicht ein wenig übertrieben. Der findige Leser erkennt vermutlich, welche.

Märtyrer

Unerträgliche Schmerzen.
Ich bin müde und erschöpft.
Lange halte ich die Folterungen nicht
mehr durch.

Der Blick verschwimmt.
Der Körper verweigert seinen Dienst.
In der Ferne höre ich die Glocken läu-
ten.

Ich habe alles gegeben.
Ich war stolz und unnachgiebig.
Man wird mich als Held feiern.

Ein letztes Aufbäumen.
Dem Feind frech und verächtlich ins Ge-
sicht grinsen.
Den Tod vor Augen.

Du hast mich geschlagen.
Aber nicht unterworfen.
Männergrippe.

Wie Moby Dick mich zum Schweigen brachte

Wer mich persönlich kennt, wird ungläubig lachen, aber ich war als Kind recht redselig.

Heute kennt man mich als einen schweigsamen und nachdenklichen Menschen.

Wenn ich etwas sage, dann hat das allerdings auch Gewicht. Das ist dann gründlich überdacht und sorgfältig formuliert. Es hat Hand und Fuß; das ist mir wichtig.

Wem habe ich das zu verdanken?

Wir lebten damals in einem 100-Seelen-Dorf. Jeder kannte jeden. Ich bin zu meinen Nachbarn rüber gegangen. Einfach so, denn damals brauchte man keine Gründe. Die Tür war auf.

Die 4-köpfige Familie saß im Wohnzimmer und schaute mit glasigen Augen auf den Fernseher.

Darf ich vorstellen: Meine Mentoren.

Tut mir leid, ich weiß auch nicht, warum sie gerade so geistesabwesend wirken. Ich glaube, sie langweilen sich gerade zu Tode.

Wie gut, dass ich vorbei kam, um ein wenig Stimmung zu machen.

Ich fing ein Gespräch an.

„Pssst!"

Ich schnitt ein anderes Thema an.

„Pscht!!"

Augenbrauen zogen sich zusammen.
Alle Blicke richteten sich nach wie vor starr auf den Fernseher.

Ich warf einen Blick darauf.

Die hohe See, starker Wellengang. Grau in Grau. Ein bärtiger Mann schaute grimmig und verbissen in die Ferne. Das Wasser spritze hoch. Wieder das Meer. Wieder der Mann, das grimmige Gesicht jetzt in Nahaufnahme. Irgendwas im Wasser. Der grimmige Mann noch grimmiger.

Langweilig.

Wie gut, dass ich vorbei kam, um ein wenig Stimmung zu machen!

Ich fing ein Gespräch an.

„Sag mal, Du redest gerne, oder?"
„Willst Du nicht zu Hause weiter reden?"
„Siehst Du nicht, dass wir hier einen Film schauen?"

Ich stutzte. „Ihr schaut das ... gerne?"
„Ja!", vier Mal, energisch.
„Ok, tschüss!"

Seitdem überlege ich, bevor ich spreche. Und bevor ich dann etwas sage, habe ich reichlich darüber nachgedacht, was und wie genau ich es sagen soll. Und oft genug bleibt es dann auch beim Überlegen.

Ich bin dankbar für diese frühe Lektion. Man schätzt mich für meine wohl überdachte und gut formulierte Meinung.

Andere Menschen werden gemieden, weil sie immer nur inhaltsloses Zeug reden, das keiner hören will. Dieses Schicksal ist mir erspart geblieben.

Manchmal sollte ich sicher mehr reden, vielleicht auch mal abseits von Sinn und Ziel. Man sagt mir nämlich deswegen schon manchmal Autismus nach. (Vielleicht ist da ja auch etwas dran, ganz unabhängig von meinem Kommunikationsverhalten. Aber das mag eine andere Geschichte sein.)

Wie so oft liegt der gute Weg in der Kommunikation wohl wieder in der Mitte.

Danke für die Lektion, Moby Dick.

Ruhe in Frieden.

Zeitlupe in Frankreich

Unser Urlaub in Frankreich war immer herrlich: Sonne, Strand und warmes Wasser, dazu ein Stapel Bücher im Gepäck. Bälle und Frisbees erfüllten die salzige Luft. Schwarze Menschen in Jacken liefen über den flimmernd heißen Sand, ausgestattet mit Kisten frischer Getränke oder Koffern voller Uhren und Sonnenbrillen und priesen laut ihre Waren an.

Einmal haben wir dort eine deutsche Familie getroffen, mit denen wir uns angefreundet haben. Nie werde ich vergessen, wie Boule gespielt wurde. Bei diesem Spiel muss man mit faustgroßen Kugeln nach einer besonderen, kleinen Kugel werfen. Wessen Kugel zum Schluss am nahesten an der kleinen ist, hat gewonnen. Die Kugeln sind dabei recht schwer.

Ich fand dieses Spiel langweilig und spielte nicht mit. Ich weiß noch, wie ich zwar dabei stand, aber mental vollkommen abwesend und in ganz anderen Sphären unterwegs war.

Die aufgeregten Stimmen der anderen riefen mich zurück in diese Welt, zurück ins Hier und Jetzt. Ihre Eindringlichkeit vermittelte eine akute Notfall-Situation mit sofortigem Handlungsbedarf. Die Luft war verformt von den Schallwellen, die allesamt meinen Namen ergaben.

Ich kam zurück in meinen Körper und benutzte meine offenen Augen wieder zum Sehen. Alle schauten mich an, die Augen in Angst aufgerissen, ihre Körper in Spannung vorgebeugt. Wie eingefroren. Keiner atmete.

Stillstand!

Ich liebe diese Augenblicke, in denen sich die Zeit plötzlich endlos zu dehnen scheint. Ich liebe diese einzigartige Stimmung, die sich dann in mir ausbreitet. Eine Feierlichkeit.

Eine einzige Sekunde wird zu einem endlos langen Augenblick, in dem man so viele Dinge denkt und überlegt, komplette Szenarien durchspielen kann und man sich selbst und die ganze Welt um einen herum wie in einer extremen Zeitlupe wahrnimmt.

Ich nutzte die Zeit. Ich analysierte, was das Wahrgenommene für eine Botschaft für mich bereithielt. Und obwohl ich zu dem Zeitpunkt nicht bewusst in dieser Sphäre verweilt hatte, konnte ich mich verschwommen an die Worte erinnern, die mir eben zugerufen worden waren, was ich nebenbei auch ganz faszinierend fand. Wie eine kurze Zeitreise.

Doch die Zeit im Hier und Jetzt drängte, so zäh und langsam sie auch dahin floss. Scheinbar glaubten die Schauenden, ich wäre genau an dieser Stelle stehend in großer Gefahr. Ich versuchte, mich an weitere Worte zu erinnern, doch es schien keinen Hinweis darauf zu geben, wo ich sicherer gewesen wäre. So überlegte ich eigenständig, wie zu handeln wäre. Stehenbleiben schien die schlechteste Option. Am einfachsten fühlte es sich für mich an, mich nach vorne zu bewegen. Ich hatte keinerlei Informationen über die Gefahr. Würde ich dann in sie hineinlaufen? Das konnte aber auch in jede andere Richtung geschehen. Also entschied ich mich.

Ich hatte das Gefühl, ich würde absolut unversehrt bleiben, und mit tiefer Gelassenheit bewegte ich mich zwei Schritte nach vorne. Dieser Vorgang dauerte gefühlt mein halbes Leben. Ein halbes Leben tiefer Ruhe und Gelassenheit.

Überraschung!

Die schwere Kugel schlug direkt vor meinen Füßen ein, wie ein Meteor. So schlagartig lief dann auch die Zeit wieder normal, als wäre ein Gummiband gerissen.

Wäre ich noch einen Schritt weiter gegangen, wäre die Kugel wohl direkt in meinen Schädel eingeschlagen.

Aber faktisch passiert war nichts. Allen ging es gut. Urlaub, Strand, Sonne, Meer, ein Spiel, die Möwen kreischten.

Vor Überraschung aus dem Gefühl der absoluten Unversehrtheit heraus konnte ich nur laut loslachen, wie wenn die richtig gute Pointe eines Witzes in allen Synapsen des Gehirns gleichzeitig den Schalter umlegt. Die Pointe war: Ich wäre sicherer gewesen, wenn ich einfach stehen geblieben wäre.

Mit diesen Gedanken strahlte ich die anderen beim Lachen an und versuchte, ihnen damit meine Gedanken und inneren Bilder zu vermitteln.

Die anderen atmeten jetzt wieder und bewegten sich. Wütend, aufgeregt. Hände wirbelten durch die Luft. Das war überhaupt nicht zum Lachen gewesen. Das war sooo gefährlich gewesen. Ich hätte, es hätte können, grrrr.

Aber das beeindruckte mich nicht. Dann werft nicht mit Kugeln nach mir, dachte ich. Dann sagt nicht, ich soll mich bewegen, wenn ich da sicher bin, wo ich stehe, dachte ich.

Ich war im Urlaub und es war herrlich. Sonne, Strand und warmes Wasser. Es gab keine Gefahr. Was soll ich mir da die gute Stimmung nehmen lassen von etwas, was nicht passiert war. Frech fuhr ich damit fort, mich einfach nur wohl zu fühlen.

Diese Einstellung hätte ich in meinem späteren Leben noch oft gebrauchen können, aber ich nahm ganz allmählich und unmerklich – praktisch in Zeitlupe – das „erwachsene" Denken an, das voller ungeschehener Gefahren war, die überall lauerten. So hab ich mich in meinem späteren Leben viel mit ungelegten Eiern beschäftigt, zu denen es nicht mal ein Huhn gegeben hatte.

Ich bin jetzt wieder auf dem Weg zum Strand. Es ist so schön dort, und man kann dort genauso gut auf Gefahren reagieren wie überall anders. Vielleicht sogar besser. Ich weiß nicht genau, wann und wo die Zeitlupe am besten funktioniert.

Komm doch einfach mit! Worauf wartest Du?

Großer, schwarzer Igor

Als ich noch ein Kind war, hatten wir einen Hund, mit dem ich gemeinsam aufwuchs. Einen großen, schwarzen Groenendael; eine Form des belgischen Schäferhundes. Er hieß Igor.

Ab und zu tobte ich mit ihm, wir kämpften miteinander. Und weil es so viel Spaß machte, tobten wir noch etwas wilder. Und noch etwas mehr.

Und dann tat es mir weh.

Manchmal war der Schmerz erträglich. Ich wies dann Igor freundlich darauf hin, dass wir unsere Wildheit etwas drosseln müssten, und das taten wir dann auch.

Manchmal aber tat es mir so weh, dass der Schmerz mich ein Stück weit überwältigte. Wut übernahm meinen Verstand und ich gab Igor die Schuld an meinem Schmerz. Als treues Familienmitglied nahm er die Schuld ohne zu Zögern auf sich und ging augenblicklich in eine demütige und reuevolle Haltung.

Ich sperrte ihn dann eine Weile in unseren Wirtschaftsraum; ein Vorratsraum, in dem er ausreichend Platz hatte, aber ansonsten nichts für ihn zu tun war. Gehorsam ließ er es mit sich machen.

Wenn die Wut wich und meinen Verstand wieder frei gab, erkannte ich meinen Fehler, befreite den Unschuldigen und versuchte, es mit Kuscheln und Streicheln wieder gut zu machen.

Nie nahm er mir mein Verhalten übel. Er freute sich immer, wenn ich ihn wieder raus ließ und um Verzeihung bat.

Und doch musste ich erkennen, dass ich diesen Fehler wiederholte. Dass die Emotionen mich erneut falsch urteilen und handeln ließen.

Mit seiner bedingungslosen Liebe half mir Igor dabei, über dieses Fehlverhalten hinaus zu wachsen, und er gab mir dazu alle Zeit, die ich brauchte. Mit jedem Mal wurde die Zeit der Wut kürzer, und schließlich erkannte ich auch im Augenblick des Schmerzes mich selbst als die Ursache.

Ich bin ihm zutiefst dankbar dafür, Teil meines Lebens und mir mit seiner unerschütterlichen positiven Art ein stiller Mentor gewesen zu sein.

Was ich von ihm gelernt habe: Nicht zu schnell zu verurteilen, was ich nicht verstehe.

Manchmal müssen wir die Fehler der anderen ertragen und statt mit Kritik und Ablehnung mit Liebe und Geduld antworten; so wie einem Samen nicht im Geringsten das Schimpfen hilft, sondern nur Wasser und Sonne. Dann geben wir ihnen den Raum zu wachsen.

Gehorsam

Wir alle haben Werte. In welcher Struktur sie angelegt sind und in welchen Rangfolgen wir sie für uns angeordnet haben, bestimmt maßgeblich unser Bewerten und Handeln. Wer unsere Werte kennt, kann uns auch leichter beeinflussen.

(Möchtest Du die Sicherheit haben, unbeeinflussbar zu sein? Dann lies weiter...)

Der Wert der Gehorsamkeit hatte für mich schon immer einen ganz besonderen Stellenwert.

Tatsächlich ist eine meiner frühesten Kindheitserinnerungen, wie von mir erwartet wird, an einem Spaziergang teilzunehmen, zu dem ich keine besondere Lust hatte.

Zwei Häuser weiter lagen weiße Steine am Straßenrand, mit denen man auf dem Asphalt malen konnte. Ich setzte mich auf die Straße und fing an zu malen.

An dieser Stelle zeigt sich ebenfalls, dass Kreativität schon immer einen bestimmten Stellenwert in meinem Leben hatte. In doppelter Hinsicht.

Sämtliche Rufe und Aufforderungen bewusst vollkommen ignorierend demonstrierte ich mutig meine Rebellion gegen das Imperium.

Sieg oder Niederlage wurden an diesem Tag nicht direkt entschieden. Ich brauchte nicht mehr zu laufen, aber ich wurde getragen. Meine Kreativität musste ich vorerst in meinen Träumen weiterleben.

Jetzt ist wieder die Zeit, zu der das Tanzen verboten ist. Und wie sinnvoll finde ich dieses Verbot. Und wie sehr respektiere ich eine Autorität, welche dieses Verbot ausspricht.

Nun, ich tanze wirklich nicht gerne!

Ich werde heute etwas Tai Chi machen und dabei den einen oder anderen Tanzschritt einbauen. Dies muss für heute genug der Rebellion sein.

Wer unsere Werte kennt, kann uns auch leichter beeinflussen.

Du willst, dass ich etwas bestimmtes tue?

Verbiete es mir!

Die banalste Gnade der Welt

Ich habe eine Bratpfanne. Und ab und zu mache ich den Abwasch.

Meine Bratpfanne ist groß, meine Spüle hingegen klein.

Auf der gegenüberliegenden Seite des Griffes hat die Bratpfanne einen gusseisernen kleinen Zahn. Damit man sie sowohl dort und am Griff festhalten kann, um sie beidhändig in der Waage halten zu können.

Wenn ich die große Bratpfanne in der kleinen Spüle nun auf die übliche Art und Weise abwasche, dann ist der Zahn perfekt dazu geeignet, den Stöpsel zu ziehen, so dass das Wasser plötzlich abfließt.

Da ich gerne immer wieder die gleichen Handgriffe mache, wurde dies zu einer Regelmäßigkeit.

Ich fing an, mich zu ärgern.

Über die Bratpfanne.

Über die Spüle.

Über die ganze Situation.

Wiederholt und verstärkt.

Bis ich meine eigene Beschränktheit erkannte.

Wenn ich wollte, dass sich was ändert, dann lag die Verantwortung dazu nicht bei der Bratpfanne. Sie lag auch nicht bei der Spüle. Und beim Stöpsel lag sie auch nicht.

Sie lag bei mir.

Ein paar Male achtete ich also sehr gewissenhaft darauf, dass meine Handgriffe die Bratpfanne beim Abwaschen so drehen und wenden, dass der Stöpsel dabei nicht gezogen wird.

Und ich machte es zur Gewohnheit.

Ich habe jetzt wieder mehr Spaß mit meiner Bratpfanne und weniger Ärger beim Abwaschen.

Ich bin dankbar für einen Geist, der banale Fehler seinerseits erkennen und ändern kann. Auch wenn er manchmal ein bisschen Zeit dafür braucht.

Zum Schluss

„Der Zauberer von Oswald" ist in der Storytelling-Community von Mark Oswald entstanden. Sie ist gewissermaßen eine symbolische Vision vom Prozess der Entwicklung einer Gemeinschaft rund um das Thema Storytelling, wie auch von der Entwicklung des einzelnen Individuums, das hier durch mich selbst repräsentiert wird.

Es ist der klassische Weg der „Heldenreise" – jedoch nur ein Ausschnitt davon, weswegen die Geschichte auch den Untertitel „die Prüfungen" trägt; als Andeutung, dass die Story eigentlich länger ist.

Innerhalb dieser genannten Gemeinschaft wurde „Marten" auch zu einem Begriff für eine Maßeinheit gekürt: Eine Story, die „alles hat", würde hiernach mit 10 von 10 Marten bewertet werden.

Die Geschichte kam so gut an, dass zu diesem Zeitpunkt ein Roman in der Entstehung ist, der auf dieser Story basiert – aber doch ganz anders sein wird.

„Die Prüfungen"

(Die Geschichte enthält einige ‚Insider'; unter anderem Namen von Personen, die in Elemente der Geschichte verwandelt wurden, und eine Marketing-Übung, in welcher die Dienstleistung „Hypnose" mit einem Satz beschrieben werden sollte.)

Von diesem Berg aus konnte Marten bereits das Tal sehen, in welchem der Zauberer vom Oswald leben sollte. Er wusste nur noch nicht, welcher Wald der Oswald war.

Er gab seinem Jack Russel Terrier einen Keks und begann den Abstieg.

Unten angekommen wuchs ein Mörchen aus dem Boden. Marten hatte Hunger, also begann er damit, es aus dem Boden zu ziehen.

„Sach ma, spinnst Du?", schrie das Mörchen. Der Hund bellte das Mörchen an.

Marten machte vor Schreck einen Satz zurück, stolperte über seinen Hund und fiel in den Dreck. „Hat die Pastinake gerade gesprochen?", rief er verwundert.

„Kannst Du nicht mal ein Mörchen von einer Pastinake unterscheiden", fauchte das Mörchen.

„Verzeih mir bitte", winselte Marten und wandt sich in seinem Unwohlsein. Und im Dreck.

Dann stand er ungeschickt auf, klopfte den Dreck wieder ab so gut es ging und verneigte sich vor dem Mörchen.

„Ich suche den Zauberer von Oswald", erklärte er. „Kannst Du mir helfen?"

„Hmmmm", machte das Mörchen grimmig. „Gieß mich mit dem Wasser aus dem Kaltenbach, dann helfe ich Dir", erklärte es.

Vom Berg aus hatte Marten bereits einen Bach gesehen. Eilig machte er sich auf den Weg.

Er überquerte dabei ein Feld.

„Hey, trampel nicht so", grollte eine Stimme, scheinbar direkt aus dem Boden. Der Hund bellte den Boden an.

Wie angewurzelt blieb Marten stehen, die Haare standen ihm zu Berge. „Wer spricht da?", fragte er unsicher.

„Ich bin das Sommerfeld", sagte das Sommerfeld. „Und wenn Du nicht vorsichtiger gehst, kann ich mich auftun und Dich verschlingen."

„Bitte verschling mich nicht", bettelte Marten. „Ich muss zum Kaltenbach und das Mörchen gießen."

„Weiß ich doch längst", antwortete das Sommerfeld. „Aber mach vorsichtig!"

Marten versprach es.

„Und wehe, dein Hund macht ein Häufchen auf meinen Kopf!", grollte es gewaltig.

Schnell nahm Marten seinen Terrier auf den Arm und setzte seinen Weg vorsichtig fort.

Schließlich kam er am Bach an. Er nahm seinen Wasserbeutel heraus und tauchte ihn in das kalte und klare Wasser.

Doch bevor er seine Hand mit dem Wasserbeutel wieder heraus nehmen konnte, gefror das Wasser. Er steckte fest.

„Du könntest wenigstens vorher fragen", sagte eine Stimme im beleidigten Tonfall. Der Hund bellte den Bach an.

Marten hatte bereits mit einem Mörchen und einem Sommerfeld gesprochen, nun war er sich bewusst, sich mit dem Kaltenbach zu unterhalten.

„Bitte verzeih mir, das wusste ich nicht", rief er verzweifelt. „Darf ich etwas Wasser von Dir haben?"

„Singst Du mir ein Lied?", fragte der Kaltenbach.

Marten fing augenblicklich an zu singen, und der Kaltenbach gab seine Hand mit einem gefüllten Wasserschlauch wieder frei.

„Danke", sagte der Kaltenbach.

„Ich kenne noch ein anderes Lied", begann Marten.

„Nein, nein", eilte sich der Kaltenbach zu sagen, „Du musst jetzt weiter. Wir sehen uns sowieso noch öfter."

Marten wunderte sich.

„Hey, hast Du da Wasser vom Kaltenbach?", fragte das Sommerfeld, als Marten es wieder vorsichtig und mit dem Hund auf dem Arm überquerte.

„Ja", sagte Marten, „für das Mörchen."

„Ich will auch Wasser vom Kaltenbach", verlangte das Sommerfeld.

„Ich bring Dir welches", versprach Marten, „aber vorher muss ich das Mörchen gießen."

„Ich kann Dich auch einfach verschlingen", erinnerte das Sommerfeld.

Eilig goss Marten das Sommerfeld, kehrte zum Kaltenbach zurück und bat um weiteres Wasser, welches ihm gewährt wurde, ohne dass er nochmal hätte singen müssen.

Er kehrte schließlich zum Mörchen zurück und goss es.

„Schöööön", seufzte das Mörchen begeistert. „Danke, dann mach es mal gut."

„Aber warte", rief Marten. „Wie komme ich denn jetzt zum Zauberer von Oswald?"

„Ich laufe schon nicht weg", lachte das Mörchen. „Der Oswald liegt hinter dem Kaltenbach, einfach immer der Nase nach."

Marten bedankte sich, überquerte ein weiteres Mal vorsichtig das Sommerfeld mit dem Hund auf dem Arm, fragte den Kaltenbach um die Erlaubnis, ihn überspringen zu dürfen und kam schon nach kurzer Zeit an einen Wald.

„Und jetzt?", fragte Marten. „Ich sehe keinen Weg."

Durstig stellte er fest, dass in seinem Wasserbeutel noch ein wenig Wasser übrig war. Er teilte es sich mit seinem Jack Russel Terrier.

Das Wasser war so klar und frisch, dass es müde Lebensgeister wieder weckte. Aber nicht nur das.

„Hörst Du das? Siehst Du das?", fragte Marten seinen Hund. Auf einmal nahm er viel mehr wahr als eben noch. Seine Sinne waren um ein Vielfaches verschärft.

Und plötzlich sah er den Weg, der in den Wald führte. Ein hochfrequent vibrierendes ‚X' auf dem Boden kennzeichnete ihn ganz deutlich.

Marten hielt inne und fragte vorsichtig: „Weg, darf ich Dich betreten?"

Es raschelte im Gebüsch. Ein Eberle trat hervor und schüttelte sich. Amüsiert schaute er zu Marten hinüber.

„Wer bei Verstand spricht mit einem Weg?", fragte er und verschwand im nächsten Gebüsch.

Marten betrat den Weg und folgte ihm eine lange Zeit, bis er an eine Lichtung kam.

Dort stand ein Mensch.

„Hi, ich bin Mark", sagte Mark. Der Hund bellte Mark an, verstummte aber sofort bei dessen Blick.

„Hallo, ich bin Marten", sagte Marten, „und ich suche den Zauberer von Oswald."

„Du hast ihn gefunden", entgegnete Mark. „Was kann ich für Dich tun?"

„Du?", fragte Marten verwundert. „Aber Du siehst gar nicht aus wie ein Zauberer."

„Du meinst, mit Robe und Zaubererhut und dem ganzen Kram?" – „Ja."

Mark winkte ab. „Nur auf Parties", lachte er.

„Parties?", fragte Marten verwundert.

Mark zuckte mit den Schultern. „Wenn Du nicht glaubst, dass es hier Parties gibt, warum bist Du dann hier?"

„Ich will ein Geschichtenerzähler werden", eröffnete Marten seinen Wunsch und schaute verwundert, als der Zauberer vom Oswald plötzlich eine Kaffeetasse in der Hand hielt und daraus trank.

Der Zauberer deutete auf den Hund. „Und was kann der?"

„Das ist ein Jack Russel Terrier. Sein Name ist Hypnose. Er kann für Dich dein Ziel verfolgen, bis er es erreicht hat", erklärte Marten.

Mark gähnte müde.

„Er kann aber auch noch andere Tricks", beeilte sich Marten zu sagen und stockte plötzlich verwundet, als Mark hinter ihm an einem Baum hing.

„Du musst auch mal die Perspektive ändern können", erklärte der Zauberer in einem fast gelangweilten Ton. „Manchmal steht die Welt Kopf, manchmal hängst Du auch nur verkehrt herum."

Mark ließ sich fallen und kam auf den Füßen wieder zum Stehen. In einer Hand hielt er die Kaffeetasse, randvoll mit Kaffee.

Bevor Marten seine Verwunderung darüber äußern konnte, deutete der Zauberer vom Oswald auf zwei große Steine, die am Rande der Lichtung standen.

Er setzte sich auf einen und forderte: „Erzähl mir eine Geschichte!"

Marten starrte noch auf die zwei Steine. „Waren die eben auch schon hier?"

Mark schaute etwas entnervt. „Geschichten verändern die Realität. Wenn Du das nicht weißt, wie willst Du dann gute Geschichten erzählen?"

Ungeschickt kletterte Marten auf den anderen Stein und fing an, eine Geschichte zu erzählen.

Er erzählte die Geschichte von Marten, der sich auf die Suche machte nach dem Zauberer vom Oswald.

Als er fertig war, schaute er zu Mark rüber.

Der Zauberer lag gemütlich auf seinem Stein. Er hatte eine prächtige Robe an und einen großen Zaubererhut mit breiter Krempe auf dem Kopf, den er sich tiefer in die entspannte Gesicht zog. Als er merkte, dass die Geschichte zu Ende war, richtete er sich schnell auf und rieb sich die Augen.

„Ganz okay für einen blutigen Anfänger", bewertete er die Geschichte. „Danke für den Kaffee."

Marten schaute verwundert.

„Naja, in meiner Geschichte ist der nicht vorgekommen. Der kam von Dir."

„Aber ich hab ihn doch schon gesehen, BEVOR ich die Geschichte …"

„Natürlich", sagte der Zauberer kopfschüttelnd. „Du musst schon sehen, was Du erzählen willst. Ist doch klar!"

Marten war sprachlos. Hatte er sich die ganze Geschichte selber so ausgedacht? Genau so?

„Vielleicht gibt es Hoffnung für Dich", sagte Mark. „Ein paar Bewohner der Gegend hast Du ja schon kennen gelernt. Auch wenn sie nicht erfreut sind, wenn man auf ihnen herum trampelt oder an ihren Haaren zieht. Die anderen sitzen sicher schon am Lagerfeuer und erschaffen neue Geschichten, um die Welt zu verändern. Sie sind auch Zauberer. Lass Dir von ihnen weiterhelfen. Ich komm dann später dazu."

Er blinzelte. „Wenn die Party steigt."

Dann tat sich ein Weg auf und die Geschichte ging einfach weiter und weiter, und wenn sie nicht gestorben sind, erzählen die Geschichtenerzähler immer noch die spannendsten Geschichten und feiern ihre Parties am Lagerfeuer.

Und der Zauberer vom Oswald sah, dass es gut war.

Ende.

Nachwort

Eine letzte Story in einem Satz

Während ich noch am menschenleeren Gleis im kalten Wind stand und die unübersichtlichen Informationstafeln studierte, um herauszufinden, welcher Zug wohl für mich der richtige war, rollte unendlich langsam, wie in Zeitlupe, diese kupferfarbene und mit Zahnrädern, Rohren und Messuhren versehene Eisenbahn im viktorianischen Stil ein, schien mir verstohlen zuzuwinken, zuzulachen und eine unhörbare Melodie des Glücks zu singen, bevor sie ohne anzuhalten unbekümmert ihre Fahrt fortsetzte und mich tief berührt, aber auch vollkommen irritiert und hilflos zurückließ.

Wenn Dir die Geschichten in diesem Buch gefallen haben, oder auch nur einige, oder auch nur eine, dann würde ich mich freuen, wenn Du mir schreibst und davon berichtest.

Wenn Dir die Geschichten nicht gefallen haben, dann würde ich auch das gerne von Dir hören. Dann schreibe ich andere Geschichten, welche Dir dann vielleicht doch Freude bereiten.

Vielleicht gibt es aber auch bereits Geschichten von mir, die Dir Spaß machen würden? Schau mal nach, was es noch so von mir zu lesen gibt.

Und wenn Dir eine Story so gut gefällt, dass Du sie gerne in Romanlänge lesen würdest oder als Film sehen willst, dann schreibe mir auch das.

Jede noch so kurze Mail zählt.

Bis zum nächsten Mal.

Dein Marten

text@martensteppat.de